# 留下生命故事

如何撰寫自傳，傳承精彩人生

青婷＿著

# 目　錄

## Chapter 7 ｜ 回顧與總結　　　169

## Chapter 8 ｜ 為你的自傳錦上添花　　　185

# 書寫的魔法

　　在寫這本書的過程中，我的方向和思維默默地在變化。

　　先是希望透過引導大家撰寫自傳，讓每個人的人生故事都能被保存下來。給「每一刻未來」的自己，或是後代，或是任何一個對你來說重要的人。去讓每個人其實都有價值、都有意義的人生可以被保存下來，流傳下去。

　　然而，在撰寫的過程中，透過發現與理解書寫對於心理健康的幫助，這本引導自傳忽然多了其意義上的轉變，那就是帶領人們從現代持續發展的科技產品上回到書寫的魔法裡。透過實實在在地提起筆，書寫下自己的感受、故事、記憶，來抒發情緒、促進思考，甚至重新反思，這些生命中的點點滴滴所帶來的價值。

　　我不是什麼知名的作家，也不是語文系出身，對語言的天賦也不高，但我在撰寫這本書的過程中，我透過不停地思考與書寫，我感受到了內心的平靜。反倒是我停下來的時候，我又會開始焦慮，擔心我寫的書根本沒有人要看。擔心沒有人想要花費時間寫什麼自傳，即使我寫了這樣一本書來引導大家、給予大家一個更加明確的方向去書寫，大家也不會願意從手機螢幕上移開視線，轉而拿起可能一年都拿不到幾次的筆，來動手寫下「自傳」這樣聽起來龐大的主題。

　　大家也許更加有興趣的是那些名人，或是罪犯的故事與紀錄片，而對於自己的人生毫無興趣，或是覺得沒有記錄的價值。

　　我也曾經一直在探索人生價值的道路上，希望找到解答。後來我才在某段文字裡得到讓我感受到平靜的解答，「人生毫無價值，所以你才能自己賦予它任何的價值。」

　　既然如此，我們為何不能去透過探討與回顧，重新賦予，並且正視自己的生命價值與意義呢？

　　過往痛苦的經歷，常常變成我們現在的枷鎖，阻礙了我們繼續前進的動力，變成我們現在止步不前的藉口。但如果我們重新去回顧它，用另一個角度來解讀，甚至單純地透過書寫來宣洩，然後一掃過去的陰霾，我們是否能把不能改變的過去，變成主動向前邁進的現在？

　　人們總說：「人生只活一次，要活得精彩、要活得開心。」但事實上，怎麼樣才稱得上是「精彩」？我們對於那些組成生活裡，快樂和感動的小事與瞬間，我們又記得多少？有多少人嘗試去記錄過？又有多少人覺得自己堅持不了又放棄？

　　我總是相信，透過在你生命中的每一個當下，去努力活出自己理想的樣子，也許是去運動、去閱讀、去曬太陽、去與朋友或家人

聚餐⋯⋯只要是去做讓你覺得內心感到富足的事，那就是一種正視你人生的方法與態度。但這些看似平凡的行動與日子，如果我們忘記了主動去記憶與感恩，很快就可能偷偷從記憶庫裡溜走。透過記錄與書寫下來，就是幫助我們讓這些珍貴的記憶、美好的瞬間被記得、被保存、被回憶的一種方式。

而這些被你用文字記錄下來的故事，有一天也能感動到那些，與你一起分享過生命中每個美好時光的人，他們甚至可能會在你的文字裡看到自己的價值。

然而，人生也不可能每件事都讓你感到內心愉快與富足。人生中也會有挫折的時候、會有懊悔的時候。

記錄與書寫下來也能幫助你、強迫你，必須用確切且實際的文字去敘述事件。而這樣的做法，正好能夠促使你，在心中重新梳理這些事件的始末與情緒。

通過書寫的回顧與抒發，也許能幫助你從當下的情緒中抽離出來，用更加理性與平靜的方式去思考與排解、去釐清當下的真實情緒與感受。當你作為這個故事的作家，你就不再只感受到主角的感受了。作為一位事件全局的闡述與描寫者，會促使你看待這個事件的視角更加多元化。

　　書寫其實有如同去看心理治療師一般的功效。就像去看心理治療師時，他們可能會持續問你：「你對這件事的感受是什麼？」書寫的過程中，你也會需要一直去問自己同樣的問題。而用書寫的方式表達內心的想法，對某些人來說甚至比用說得更加舒服與自在，也更容易找到內心的答案。

　　古希臘哲學家蘇格拉底曾說過：「未經審視的人生，是不值得過的。」

　　書寫正是一種很好的方式，帶你審視與了解你自己。

　　當你悟透了自己，真真正正誠實地去面對、認識，甚至是擁抱各個面向的自己，你才能真正活出自己想要的樣子。

　　在你的筆下，誰還能說你的人生沒有意義？不精彩？你寫下了屬於你自己的人生劇本，你的意義，也是你自己說了算。

　　我一直想為人們的內心帶來一些能量，幫助大家找到自己人生的價值與快樂。我一直在研究與了解那些關於吸引力法則、豐盛冥想、心理研究、成功人士的分享等等，雖然我不主推哪一種方法，但我希望那些被我總結在腦海中的知識，也能融會貫通到這本書中，幫助到你們。這本書將不只是一本引導大家撰寫自傳的工具書，而是一本去陪伴大家重新認識自己、記錄下自己的故事，

並且讓更多人的故事被流傳下去的啟發指南。這本書會帶領你們展開一場心靈之旅，陪伴你們在撰寫自傳的過程中，找到了心理上的平靜、看到自己的成長、發現自我的價值和更愛自己。

　　好了，在與我一起開始這段撰寫自傳的旅程之前，我想先請你準備三樣東西：

　　1.筆。

　　2.你想用來作為你自傳的空白筆記本（我建議是一本可以隨意增加與移動內容的多孔夾活頁本）。

　　3.願意嘗試開放的心。

# 為什麼要寫自傳

## 如果你在這個世上什麼也帶不走，何不留下點什麼

「人的一生，要死去三次。第一次，當你的心跳停止，呼吸消逝，你在生物學上被宣告了死亡。第二次，當你下葬，人們穿著黑衣出席你的葬禮，他們宣告，你在這個社會上不復存在，你從人際關係網裡消逝，你悄然離去。而第三次死亡，是這個世界上最後一個記得你的人，把你忘記，於是，你就真正地死去。整個宇宙都將不再和你有關。」

美國神經科學家大衛・伊葛門曾在《死後四十種生活》中提到過這段話。

人的一生，說長不長，說短不短。但來到人世間一遭，你能做的只有體驗，不能擁有。不要說財富你帶不進棺材，就連你生命中一切美好的人事物，作為記憶存在你腦海中，都有可能在年老時忘得一乾二淨。

如果連你在生命中體驗過的都帶不走，那何不留下點什麼？給未來的自己、伴侶、子子孫孫……

要留，就留下比遺產更具價值的東西。

## 我的故事值得記錄嗎

撰寫這本書的期間，我和朋友聊起這本書，其中一個朋友跟我說：「會不會只有覺得自己很厲害的人，才會想要寫自傳？」這就

像你生活中可能見到的那種「總在吹噓」自己的人。好像只有那樣子的人，才會想把自己的故事記錄下來吧？但反觀這個想法，我才發現，會不會大家「不敢」把自己的故事記錄下來，因為覺得自己的故事，不值得被記錄？

但你想過嗎？你可能聽某些人都說過：「我的一生都可以寫成一本傳奇小說了！」、「我的生命故事比那些電影還精彩！」他們喜歡和別人滔滔不絕地分享自己的精彩事蹟，然而有多少真正開始動筆，寫下自己傳奇又精彩的故事？

而另外一些人則擔心自己的一生平平無奇，記錄下來真的有人會看嗎？「連我自己都覺得無聊，根本不知道有什麼好記錄。」

有時候真正會動筆記錄生活的人，會寫日記、記錄夢境、寫感恩日記等等。這些人通常不是喜歡在別人面前吹噓自己的人，相反的，他們喜歡從內在去探索和認識自己。他們通常更加細膩地觀察生活周遭的事物，並對別人的感受更加敏銳。

你的故事，不是需要多精彩才值得被記錄下來。這不是在找新聞題材，不需要聳動的標語與事件。每個人的存在本身就具有價值與意義。當你動起筆，記錄下生活中的事件，或是你的情感與記憶，這就是你生命的足跡。有一天被你或是你的家人翻開，那段歷史都將是寶貴的故事。想想看，有一天你翻開你母親的自傳，裡面寫著她第一次見到你的心情與場景，還有你在她的生活中帶來幸福的那些點點滴滴，以及你是如何帶領她重新認識愛的定義，並發現為母則強的道理……那些回憶也許是生活中平凡的小事，

但讀在你眼裡必定是感觸萬分。你的自傳，也會那樣感動人心的魔法，不管你是否確定這件事。

我的爺爺，他來自山東，這輩子經歷了許多傳奇的故事，之後輾轉來到台灣，在這裡成家立業。我記得，我從小就聽過許多關於我爺爺的精彩事蹟。那些在歷史課本裡才讀得到的內容，往往讓人感覺很遠，但我的爺爺卻是活生生的教材。我從小就喜歡聽我爺爺的故事，雖然有時候，我自己都難以把那些故事和我爺爺聯想在一起，畢竟，我對他最深的印象之一，是他牽著我的小手去巷口的便利商店買巧克力球，那樣溫柔又慈祥的樣子。

我母親曾在和我分享爺爺的生平事蹟時說過，她真應該幫爺爺寫個自傳！而一切發生得很突然，在我大學一年級時，我爺爺去世了。媽媽在爺爺走了好些日子裡的某一天，再次提起了她很希望自己當初有記錄下爺爺的生平故事。只是沒想到再一次提起來自傳的事，只剩下後悔跟來不及了。爺爺走了以後，他的故事，就再也無法被以第一人稱的角度，真實且深刻地描述和記錄下來了。而交由任何其他人來說爺爺的故事，不僅會很片面與侷限，更不可能表達得出他在面對許多人生道路選擇時的掙扎與直覺。

我也看過許多著名人士的生平傳記，但是不是出於本人之手，有時候真的是一看就知道。而那些親筆撰寫的自傳，真的有一種特別能觸動人心，並帶領讀者進入作者視角與思考模式的力量。尤其是那些時不時夾雜在事件描述中的，帶有情緒性的字眼，管它恰不恰當，就是讀起來特別有趣與生動，那就是書的靈魂！感覺

作者就在你面前，對你講他自己的故事。

在距離我爺爺已經過世了那麼多年之後的某個晚上，我和老公在家裡看《班傑明的奇幻旅程》（The Curious Case of Benjamin Button）這部電影。電影裡的主角用文字記錄下了自己一生的感情和故事。從那本日記中，他傳遞了他深刻的情感和孤獨。即使在他最後的時光裡，那本日記的內容他已不再記得，但對女主角和他的女兒來說卻是最珍貴的寶藏。

就這樣，關於爺爺自傳的事又突然在我的腦中被喚醒。我當時在想，要是我爺爺也有這樣一本自傳就好了，我猜，在爺爺這樣強硬的性格與外表下，一定也有他鐵漢柔情的故事與面向吧！至少作為他的孫女，我就常常能發現他的溫柔。真後悔當初沒有瘋狂追問爺爺的故事，我甚至不知道爺爺和奶奶認識的詳細經過呢……就這樣想著想著，突然就有了這個想法：「為什麼我不能幫助與引導別人去寫下他們的自傳，去幫助更多人記錄下自己的人生呢？」

於是，寫這本書的想法就這樣誕生了。

最初有引導他人去完成自傳的想法時，也想過能夠單純用問問題的方式，去讓他人口述他們的故事並記錄。但經過我去回想，如果當初我爺爺還在世時，我主動提出要幫他寫自傳，不知道他會有什麼反應？我總覺得他應該會說不，他可能會覺得沒什麼好記錄的。就像我過去曾到養老院去做口述歷史劇的資料蒐集，大部分的長輩，都不太願意訴說自己的故事。他們總說：「不記得

了！」、「那沒什麼好說的」、「我們那時候的生活很無聊的，不像現在的人，什麼都有。」其實他們的故事並不是真的那麼無聊，也並不是真的「沒什麼好說的」，其實有一些是不願意回憶，因為那段過去，光是去回想它都覺得太辛苦了。而有一些則是，自己已經先入為主覺得，說那些故事沒有什麼必要和意義。但其實，他們不知道的是，他們的故事，在別人的眼中可能別具價值，或能夠給後代帶來不一樣的啟發。

除了大家可能忽略了自己的價值，而不願意去分享與記錄。其實自傳的內容是很私人的，要引導別人說出來很困難，不僅要有讓人感到安全的環境，還要有讓對方感到信任的人，更需要時間，去慢慢打開與摸索，那個有時候連我們自己都不太了解的自己的內心。基於你無法強迫他人去打開心房、開口訴說他們自己的故事，自傳這種極為私密的內容主題，我相信讓人們自己去書寫與記錄，也許是最讓人感到安全的方式去「向外」抒發與表達了。人們可以找一個自己感到最安全與舒適的空間，花時間與自己相處，去了解自己，並利用文字，自己慢慢地引導自己，去探索自己的內心。於是，這些引導架構與提問便成了一本工具書的形式（當然，後來發現的心靈書寫與療癒簡直是一種額外的紅利）。

不過，這本書除了引導有意願撰寫自傳的人去書寫，書裡的許多方法與引導問題，我相信也能運用在幫助蒐集他人的故事、協助他人完成自傳的目標上。如果你有一位重要的人，你希望他的故事能被記錄下來，但你又認為把這本書送給他他不會寫，那你

也可以利用這本書裡的提問與方法，引導他去訴說自己的故事。不過請記得，這需要時間，也絕對無法強迫。我們盡可能地用一種分享、傾聽和陪伴的方式來引導對方訴說，才不會讓人生故事變成沒有情感與靈魂的文字紀錄。

我記得當時在養老院蒐集口述歷史的內容時，真的感覺十分挫折。我們太年輕，也缺乏經驗與時間去陪伴長輩、引導長輩說出他們的故事，所以蒐集到的內容少之又少，也十分零碎，但儘管如此，那些內容還是讓我感到十分珍貴。我的腦子裡似乎能有一些畫面，去看到他們過去生活的場景、看到他們過去年輕氣盛的樣貌，甚至是那些可能已經不在，卻又在長輩記憶中活生生的人。

那些經驗也讓我在撰寫這本書時忍不住思考，即使像我爺爺和那些養老院的長輩們那樣，在我看來精彩的人生，都會在他們自己的解讀下，自我貶低了其價值與意義。那又更何況，是可能還不到老年時期的你、我、他？而如果有更多人，在早一點的時間裡意識到生命裡發生的一切其實都有其意義，並早一些記錄下來，那世界上會有多少珍貴的故事能被保存下來，被自己的後代看見？

這本書，不論是你自己因為有了想要寫自傳的念頭而翻開它，或者是某一個人送給你，希望你的生命故事能夠被你記錄下來。如果你還在猶豫自己的生命故事值不值得記錄、懷疑自己生命歷程的價值和擔心他人的眼光，那我希望你能先放下這樣的自我懷疑，並且從現在開始，停止否定自己的存在與價值。我不強求你能立即轉用積極且正面的角度去看待生命與時光，但我希望你先放

下批判與評價，因為沒有什麼能夠測量你生命的價值。

在我人生相對低潮的時期，有一次我回到了我以前短暫去學習過的城市——上海，見了我以前的老師與同學。我們在餐廳裡聊著彼此的生活，當時的我，內心陷在許多自我否定的情緒當中，找不到自己的價值，我和老師說出了我心裡一直以來壓抑著的心情與感受。老師要我望望窗外的樹，她說：「妳看看窗外的那棵樹，妳也許都沒有意識到，但它無時無刻都在持續地生長著，它就在那裡，不論妳認為它的生命與存在是否有意義。它不會因為妳認為它的存在沒有意義而死去或自我否定。它存在，即有價值，不需要去做什麼來證明。」是呀！生命就是如此。我們努力，但不強求。在那一次的談話裡，老師教給了我一個練習，練習在以後的日子裡，提醒自己的價值就在那裡，就是那麼簡單的在那裡。可以在呼吸的時候告訴自己，我呼吸、我活著，就是價值；我現在去泡一杯咖啡，享受這個當下，就是有價值。在這個練習裡，我突然感覺到了無比的輕鬆。這不是說讓我什麼都不想去努力和嘗試了，而是我慢慢能夠學著欣然接受每一次的跌倒和失敗，拍一拍再站起來，也不會拿這些挫敗來進行自我否定的二次傷害，或是用這些失敗來評判自己的價值。成功也好，失敗也罷，這些都只是你的人生經歷，不是你的價值依據。

你的每一天都是珍貴且有意義的，這無關乎你今天做了什麼，或沒做什麼，這一天的意義是你自己賦予的，盡可能地讓自己的一天感覺美好、盡可能地去感受與體驗，這就是意義。所以不需

要再懷疑自己的故事是否值得記錄，這就像是在懷疑自身存在的價值。你永遠不會知道，在你記錄下的一件看似平凡的小事裡，讀在你的家人眼裡那會是多麼珍貴的時刻與記憶。你只要知道，但凡是被你寫下、記錄在你自傳中的內容，就有其意義與價值。當你拿起筆，我希望你如同掌握著自己生命的主導權一般堅定，堅定地知道——只有你自己能定義你生命中一切事物的意義與價值。

## 每一個階段的你都是獨一無二的

席慕容的詩歌《青春》裡寫道：「含著淚，我一讀再讀，卻不得不承認，青春是一本太倉促的書。」

你可能也會覺得，自己的人生歷練還不夠，沒什麼能夠傳遞下去的。或是自傳，應該要等年紀大一點再來寫吧？

然而，每一個階段的你都是獨一無二的。這就像是拍照一樣，每一個時候的你都不一樣。你不會想著，沒關係，等以後再來拍我十歲時候的樣子吧！在任何一個階段，你都不需要有精彩的故事或多深奧的體悟，這本自傳只是，你存在過，每一個階段的你，其實都存在過的紀錄。

如果從現在開始，大家都有意識地開始記錄下自己的故事，這本自傳，一頁也好，五百頁也好，這都將是你往後來看重要的階段。也可能是某個人在未來對你的思念的寄託，透過你的文字，感受到你那個當下的溫度和你存在過的證據。此時此刻的你，你的

思考模式、你的文字、你的情感，都是往後的你所無法百分百複製出來的。今日對這個事件的感受，明天可能就有不同的看法。

　　我在整理一些小時候的東西時，意外發現我小時候在一些便條紙上寫的小日記。我說小日記，就是因為它真的很短，我甚至只是用一句話概括今日發生的、印象深刻的事，然後畫上一張圖。我那時連字都不會寫，幾乎全是注音（還會拼錯的那種）。看著那時寫的內容，發現對當時的我來說，天大的好事跟壞事，在現在看來真的都小得好可愛。例如，吃到喜歡的東西心情很好，我就在日記裡寫下：「爸爸今天買了丹丹漢堡給我吃！還有肉鬆麵包當明天早餐！我要很早起！（旁邊是漢堡跟看不出來是肉鬆麵包的麵包繪圖）」；跟姊姊吵架，我就在小日記本裡面寫下：「今天跟姊姊吵架，我真的太太太生氣了！（附上一個生氣的我和姊姊的極度凌亂圖像）」；有一天心情很開心，我的日記本裡寫著：「今天好開心！早上跟媽媽還有姊姊去逛街，晚上去吃壽司。（旁邊附上我畫的一台摩托車，還有我和媽媽、姊姊提著袋子在走路）」我後來跟姊姊分享那則日記內容，那台摩托車還被我姊姊誤看成衛生棉！她問我為什麼要畫衛生棉的時候我真的很無言，但能一起分享小時候的回憶也是很美好的。

　　這些生活中的小事件，隨著我長大，我早已忘光光了。但翻看到這些文字，彷彿又能在我的腦海中閃現一點當時的情境和畫面。如果不是當初的那些文字，我想我應該永遠也不會再回憶起那些珍貴的小事。但我也知道，我不是忘記了，就像我看著自己寫

的小日記，我依然能在腦中回放當時的一些畫面，有些甚至很清晰。但如果我沒有這些文字的紀錄帶我去回憶，那些珍貴的畫面，也只會在我的記憶庫裡被塵封到我永遠不知道它們的存在。

　　我也明白，我再也無法重新拾起或複製那時的那種樸實且可愛的文字與繪圖。不過我也無需再去複製過去，而是應該專注在記錄現在的角度，因為再過十年，我的文字與表達想必也和此時不一樣了。

　　從我小時候的便簽日記來看，就可以看出要我長時間保持寫長篇日記的習慣是不太可能的。但使用每日摘要的方式來記錄生活，如果連六歲的我都能做到，你當然也可以。

　　我大約在一年半前開始了寫「感恩日記」的習慣。就是在床頭放一個小本子，每晚睡前寫下今天發生的幾件值得我感恩的事。我前幾個月突發奇想，想翻到我的第一篇感恩日記來看，才意外發現已經寫了超過一年了！而我居然完全沒有感覺！雖然才僅僅一年，但回過頭去看還是有一種特別的感覺。我看了看當天的日期，然後回頭查找去年的這一天我寫下的感恩日記，接著轉頭跟我老公說：「老公，去年的今天你煮了麻婆豆腐給我吃。我覺得很好吃。」他笑著說：「妳都寫在裡面了呀！」多麼珍貴的瞬間呀！如果沒有被我寫下來，誰還記得哪年哪月哪天誰煮了什麼東西溫暖了我的心。期待過個五年、十年後再回來看，再跟身邊的人一起分享裡面快樂的小時光。

　　有時候在寫日記時我發現，當我試圖回顧我當天發生的每件

事，就算是今天才發生的事，很多我依然需要努力地回想才能記起來。難以想像，有多少發生在我生命中的小事，就這樣在我沒有意識的情況下，從此消失了（我說的不是弄丟鑰匙或忘記帶護照那種，雖然聽起來是我沒錯）。又有多少，其實是很值得被記得、被記錄下來的，卻已經錯失良機。

現在的你，是由過去的種種體驗和選擇造就，就算和過去相比改變了許多，但每一個情感和記憶都是真真切切存在過的，這才是這本自傳想要記錄和傳遞的東西。除此之外，從你的自傳當中，也可能能夠幫助別人發現他們存在過的痕跡，在你的記憶裡、在你的情感中，那是多珍貴的禮物。

所以拋開過去已經過去的，任何階段都不比你現在立刻開始你的自傳更加完美。如果你現在三十歲，那你就從你的記憶裡一路寫到三十歲、寫到你的今天、寫到你有印象的上一次大哭大笑、寫到最近一次讓你感受到強烈情感的對象……然後，等到又有一個新的事件或感受，讓你想要記錄到你的自傳中，你再繼續。只要你有靈感了，就趕緊動筆，因為那個靈感就像夢境一樣，你醒來，沒有馬上記下，你很快就會忘了。

有一天你回頭看，你會在文字裡看到另一個自己，你可能感到驚訝、可能覺得好笑、可能覺得感動、可能覺得尷尬，不管是什麼感受，那都蘊含著你其實一點點地在改變。到那時候你可能會想，還好我那時候有把這些東西記錄下來。

## 重新回顧與整理過往的事件

生命中發生的各個事件、出現的每個人和物品，都是由你來賦予他們意義的。你可以說，他們對你來說沒有意義，於是選擇不再耗費精力去思考他們，也可以賦予他們不容小覷的影響力，讓他們在往後的日子裡，成為你故事的一部分、你成長道路上的一個經歷、使你強大的一股能量。然而這個意義與對你的影響，隨著時間、環境或是新的事件，都可能、也可以，隨時產生新的解讀。有時候，甚至只是一轉念的事。

儘管我們常聽別人說，轉個念、換個角度想一想就沒事了，但有時候，身在其中的想法與情緒，又怎麼可能能夠輕而易舉地解套呢？但文字的書寫，就是一種奇妙的方法，能夠幫助我們跳脫當下的情緒，或察覺我們當下沒有意識到的細節。

就像在吵架的時候，我們可能會忽略掉，其實對方已經試圖在示弱或道歉，而我們只是被當下的情緒控制著我們的一言一行，甚至下意識地說出了一些傷人的情緒性用語，讓整個情況越演越烈。那就是因為我們被當下的情緒影響了理性和覺察，不僅失去了判斷對錯或自我反省的能力，也忽略掉了同樣處在情緒裡的對方，可能已經做出了努力和退讓，只認為對方的反應不如我們的期望。然而透過書寫下事件，利用文字去將情景重現，你可以發現自己更能夠以一個局外人的角度，客觀地分析事件，甚至發現新的細節，從而對這件事有不同的解讀。當然，也可能透過書寫這

個事件，會把你重新帶回到那個情緒之中，讓你感覺難受、不想去面對。當你在接下來的書寫中覺得難受，你都可以休息一下、暫停一下，都沒有關係。但等到你準備好了，或突然感覺需要抒發，就趕緊去把你的情緒，徹底地利用文字抒發出來。敞開地寫下你的感受，就像前面說的，僅僅當作一種抒發，而非自我批判。不只是拋開對自己的批判，也請拋開被別人批判的擔憂，這樣才能真正達到抒發的效果，而非加強自我壓抑。

即使只是一兩天的時間，你都可能對一件事產生不同的想法，所以請不要太快妄下定論，把任何一件事對你的意義與影響，做出絕對性的解讀。只是單純地書寫下來，這些文字，當你未來再回頭看時，也許也會有新的理解。

我多希望我現在遇到的一些人生煩惱或困境，能夠拿來問問十歲時候的我。也許那個階段的我，能夠以一種更加單純與乾脆的角度，帶我看到這件事情的真實面貌，發現這一段時間我不過是在自己困擾著自己。或是把我現在的故事，說給八十歲的自己，讓那時候的我笑一笑自己現在的煩惱有多微不足道，或是感謝自己現階段的堅持與付出。由八十歲的自己來跟現在的自己說：「放輕鬆啦！沒那麼糟！」感覺就有說服力得多。也有可能，我能把我同在青少年時期的煩惱說給我青少年時期的孩子聽，讓他們聽一聽我們這一輩在他們這個年紀時也遭遇著同樣的困擾，即使他們看我們現在似乎一帆風順，即使我們的時空與科技發展背景大相逕庭。

記錄下自己故事的意義，不僅是一種回顧，也可以讓你有機會從不同的角度來看待不同階段的生活。也許你會發現，過去放不下的，今日已不足為提。所以今日放不下的，你又何必看不開。

## 提高你對生活和自我的覺察

你翻看過自己小時候的日記嗎？如果沒有，那你看過或聽過小孩子那單純的提問，或對外界充滿好奇的小眼神吧？你也曾經是那樣，對周遭的一切充滿新鮮感與好奇心，但你多久沒有重新拾起你對周遭環境的觀察，去好好感受和察覺天氣的變化、草木的生長、長輩臉上的皺紋？

長越大，我們的生活中有越來越多的事物需要我們去煩惱與操心。加上資訊的發達，我們每天接收到的資訊量往往遠超我們腦袋的負荷量。我們無法一心兩用，所以我們的腦子，從原本就會轉入自動導航模式，到之後越來越常轉入自動導航模式。

你有沒有過，在洗澡的時候，突然忘了剛剛洗過頭了嗎？或是拿起了洗面乳擠在牙膏上？也可能前一秒拿著手機，下一秒就在找手機了。

這不是我們腦子出現故障，很多時候，只是我們的腦子轉入了自動導航模式。甚至很多時候，我們連在滑手機時，一邊滑著影片，腦子也是在自動導航模式。如果問問你剛剛看了些什麼，你可能也說不出你到底看了些什麼。

　　寫自傳除了強迫著自己去回憶和回想，更重要的是，文字的紀錄，會逼著你用具體的詞語來說明你當下的感受與想法。久而久之，你會開始對自己的內心和生活周遭的事物多一分的覺察，這種覺察，就是人家說的「活在當下」。

　　因為你的書寫習慣，已經進入了你的潛意識中，它會時時刻刻去提醒或幫助你留意那些你可能會想記錄下的東西。你會慢慢發現，你不再需要刻意去做，而是一種習慣，習慣關閉自動導航的生活模式。對生活中的小事，開始有了新的感受與發現。

　　這就像是我在當演員的時期，我常常會特別關注周遭的人的走路姿勢、習慣動作、眼神狀態和交流方式等等，我總是想把這些小細節收起來，作為我之後角色塑造的素材庫。之後即便我已經不再刻意去做這些練習，我在咖啡廳裡、在地鐵上、在各種生活場景裡，都還是會常常不自覺地去觀察周遭的人事物。

　　為什麼別人總說，作家對於生活的覺察度好像都比較高？他們怎麼總能記得這麼多小事情，甚至生動地描述出當時的感受與想法？其實他們也不是擁有超乎常人的記憶力，只是因為作家喜歡在生活中蒐集素材，也就開始習慣對於生活周遭的人事物多一些觀察與有意識地記錄。只要你也開始對生活中那些能讓你有感觸的人事物多一分有意識地觀察，並提醒自己可以去記下來，那這些都可以成為你自傳中的一部分。最重要的是，這樣長期下來的觀察與記錄，會幫助你開始更多地「活在當下」，因為你想更深刻地去記下當下的感受，你就會更用力地去體會。

很多時候，我想回憶起某個人曾說過的某一句很好笑的話，我都想不起來。是的，所以當下立刻記下來吧！許多作家都有自己的小本子，隨身隨時記錄下生活周遭的趣事或感受。

你不需要也做到這樣，當然，你想要的話也可以，那會很棒！但我希望的只是你也能打開覺察，時時刻刻去提醒自己，觀察生活周遭的小事，對生命中的一切保持好奇心。可能是路邊的花、圓圓的月亮、在口袋意外發現的錢、今年一整年都沒戴過的耳環等等。這些想法與發現，可能會帶領你憶起一些過往的記憶，或是讓你對現在困擾你的事物有一層新的解釋，或只是，帶給你一個瞬間的感動，什麼都好，你可以把這些記到你自傳裡面，也可以隨手寫到某一個本子，之後都可能成為你的素材。畢竟，現在的你，也是一個作家了呀！

## 抒發情緒、與自己對話、傾聽內心

寫這本書，將會是一個旅程，帶領你重新回到內心，促使你思考、解析、安靜下來，增加與自己相處的機會。

從國中開始，我就很喜歡寫東西。我喜歡寫行事曆，並且把我的日記結合其中。我的行事曆總是寫得滿滿的，而且我喜歡用各種顏色的筆去增加趣味跟豐富度。對我來說，寫東西有一種放鬆的感覺。

但自從科技越來越發達，書寫的習慣也漸漸被代替。雖然我還

是習慣每年購買一本漂亮的行事曆，並寫下每週、每日的代辦事項和目標，但電子行事曆還是在不知不覺中，讓我越來越懶得用手寫行事曆了。例如，餐廳的訂位，每次一訂位完成，除了收到郵件，行事曆也自動跟著郵件更新上我的訂位行程。公司的會議、朋友的生日、週年紀念等等也都是這樣，會自動提醒與生成。讓我感覺再一次把它們抄寫到我的行事曆上，有點多此一舉。

但對寫東西的喜愛，還是在我內心裡。當我時不時感覺自己需要抒發的時候，我就會開始書寫，有邏輯也好，沒有邏輯也罷，我就是單純地寫下所有心裡的感受與想法，或是最近發生的事。寫完之後，我總會好一點。

在撰寫這本書的時候，我也才發現了心靈書寫的概念與說法。社會心理學家詹姆斯・彭尼貝克教授在實驗研究中證明了，書寫可以有效改善人們的情緒和健康狀況。這也解答了我，為什麼總能在書寫中得到某種程度上的釋放與舒壓。

書寫除了回顧，也是我難得安靜下來，與自己對話的時刻。就像一種冥想一樣，讓我好好地與自己的內心對話，或是抒發自己的情緒。我也會利用書信的方式來寫出自己想吶喊出來的那些文字，有時候，有些話說出來並不一定是恰當的，但如果不吐不快，單單寫下來，也能得到一種釋放。

我希望你也能夠每天或是每週花一點時間安靜下來，寫下一些你覺得值得記錄的事，或回顧一下那些可能已經快要被你遺忘的人事物。

　　把它當成一種有儀式感的每日或每週習慣。

　　可以像我一樣，把一個小本子放在床頭，每晚睡前去寫一點。也可以把它放在每天早晨醒來的第一件事。你也可以每天或每週訂一個十分鐘到二十分鐘的鬧鐘，讓自己在鬧鐘響之前專心一意地去書寫。

　　我希望你對這個旅程，能夠從有點不適應，到感受到其中的平靜，再到變成一種習慣，最後甚至成為一種愛好。每天花一點時間，停下來思考與回憶今天發生過的事，或只是平靜下來，感受今天的感受。

Chapter 2

# 排除內心的阻礙與疑慮，
# 把自己打開

# 「我光是寫日記都堅持不下去了，還能寫自傳？」

寫書一聽之下就是一個大工程，幾萬字的目標讓人第一個字都難以下筆。

很多人可能在想，「我光是寫日記都堅持不下去了，還能寫自傳？」

然而沒有天天都要記錄的規定，你不會像寫日記一樣，這幾週忘了寫，你就再也提不起勁去寫它；也沒有出版社追著你要稿，這是一本屬於你的書。

我明白寫下一本屬於自己的書聽起來很困難，這也是這本書誕生的意義，來幫助你、引導你，更重要的是，來帶領你重新回顧與整理自己的生命意義與故事，對自己有新的理解與發現。你只需要用你最舒服的方式與節奏，這本書將引導你，帶你記錄下自己的人生故事。

我也希望完成人生自傳這個看似龐大的任務，在你跟隨這本書慢慢去完成之後，能夠用來提醒你，你能夠做得到。不只是完成你的自傳，還有很多你原本以為自己完成不了的事，你都可以達成。

千萬不要把這本書當作作業或工作，但也不要讓它被長時間淹沒在你的代辦事項裡。你可以從現在開始，一路寫到你一百歲，雖然沒有可怕的截稿日期，也沒有人會去糾正你的語法錯誤與邏輯，但你過去到現在的珍貴記憶，都應該被你盡快地記錄下來。

　　不必因為今天忘了記錄而自責，你隨時可以重新拿起筆，記下你想記下的人事物，甚至可以隨時重新新增或直接撕掉某一個部分。因為你是作者，你的生命故事，由你自己創作。如同你可以隨時重新改寫你人生的發展。

## 我不知道要寫什麼

　　寫書最大的阻礙大概就是：「我不知道要寫什麼」。

　　我也一樣。但你現在如果正在讀這本書，那大概率我已經成功了，我完成了我的第一本書。而我知道，只要這一本完成了，我後面將會有極大的信心，幫助我完成第二、第三，甚至第十本書。

　　雖然這是我的一個著作，但其實應該說，這只是一個前傳，你自傳的前傳。

　　我的部分，只是要引導你去完成那本真正的曠世巨作——你的自傳。而現在，我希望先為你建立起信心，並排除掉疑慮與壓力。

　　有些人喜歡在他人面前滔滔不絕地講述自己的事蹟與故事；有些人擅長社交，總能在和別人聊天時找到聊不完的話題。但都不代表這些人能夠在書寫裡流暢地、清楚地用文字表達出他們的感受。

　　反之，有些作家在書寫裡感覺到暢所欲言的自由，但回到現實生活中與人面對面交流時卻找不到好的措辭與話題，變得沈默寡言。

　　每一個人擅長表達自己的方式不盡相同，然而這本自傳，並不需要你擁有專業作家的語文能力與專業的書寫架構。這裡的文字，是純粹地記錄下你，從你的角度。

　　如果你擅長與別人聊天，那你可以試著用聊天的方式記錄下你的故事。

　　如果你感覺自己不擅長用語言表達，而喜歡聽音樂，那你可以在寫自傳的時候，利用音樂來幫助你產生靈感，或是找回某一個時期的記憶。也可能你只是想自由地寫下你對音樂的感受、不同音樂對你的意義、你喜歡它們什麼？你可能會想，這些與你的故事有什麼關係？當然有關係！如果你認為音樂最能代表你，那這就是表達你自己的故事最好的方式了。

　　這裡我想表達的是，書寫只是一個中介，幫助你把你的故事記錄下來，但你可以從任何角度、用任何方式來激發你的寫作。

　　這是你的故事，所以你完全可以自由決定如何完成與創作它。在接下來的書裡，我也會帶領你，去憶起、去記錄、去回顧。所以你不需要擔心沒有靈感，或擔心這些在你腦中的事物並沒有什麼特別的事好記錄。

　　我現在時常和別人分享我小時候，跟媽媽一起去麵包店，我都一定會偷吃店裡的麵包。咬一口再放回去。所以每次我媽媽都買很多被我咬一口的麵包回家。

　　這是一件很小的趣事，但因為這是我的一個人生故事，它能幫助我對我的童年有一個畫面，或幫助別人來認識我小時候是怎麼

樣的孩子。

　　所以一樣的，你可以隨時動起筆，記下你印象中的故事。平凡的、有趣的，或甚至只是一個在你腦海中的畫面。相信我，那將會很有意義，很有趣。

　　你可能隨時失去靈感，不知道如何繼續往下寫。但我希望你別因此灰心。

　　你隨時可以停下來，去走一走，去做些別的事。生活中的細節都可能是啟發。也許是你正好看到月圓，激發了你對家鄉的思念；也許是翻看一本書時，讓你想起某個人，這些你都可以記錄下來。你很快會發現，等到過一段時間再往回看，即使是一些平凡的小事，現在讀起來特別有感覺。就是這些看似平凡的點點滴滴，造就了你，現在的你。而你還在持續創造新的故事。寫吧，盡情寫下屬於你的故事。

## 把自己全然地打開，需要勇氣

　　排除掉你對於寫自傳的擔心與疑慮之後，還有一個重要的東西要準備好，才算是完整地裝備好了你的內心，那就是「勇氣」。

　　面對自己內心的脆弱，或是過去的傷口是一件極其困難的事。

　　你可能會在寫這本自傳的過程中，多次在內心產生一個疑問，就是：「我這樣寫好嗎？」會擔心自己的想法這樣記錄下來後，被後人閱讀的話會不會被批判？

　　但這本自傳的內容，並不像你把文字發布在社群媒體平台上那樣，會被大眾審視。你甚至在完成後都可以產生新的決定，決定是否要保留下來給別人看到。所以你不需要擔心自己的想法或文字在別人眼中看起來如何？別人會怎麼想？我這樣說是否正確？

　　你準備好在哪一種程度上的自我揭發都沒有對錯，但我希望透過書寫的過程，你也能夠重新認識與看待自己，並且從中得到抒發。有時候，你越是不想去面對的事，書寫越是能夠幫助你，在回顧與重新整理這件事的過程中，釋放情緒，甚至跨越心裡的坎。

　　如果你去讀一個犯人自己寫的自傳，你也可能發現，他在自傳中極力迴避掉自己的行為與內心的後悔，甚至完全跳過連自己都不想面對的部分。但凡是他寫下來的，那都是他對自己的揭露，怎麼寫都沒有錯，即使外人看來，這本自傳並沒有全然且完整地描述出那個人的行為。但我們總能從一個人的文字中去感受到他。有時候逃避也是一種面對的方式，但這種方式，有時可能比直接面對所帶來的痛苦更深長且久遠。

　　然而，比起找到一個你能全然信任的人去訴說那些你原本不願面對的事，我相信書寫有時候更容易一些。你也許寫完之後，感覺得到了釋放，但你依然沒有想把這件事留在你的書中，那也沒關係，寫完之後撕掉它，你可能也能感覺到，你比一直壓抑與逃避它之前好了一點。

　　即使你是要把這本自傳寫給特定的某個人，我都希望你可以脫掉用別人的眼光來批判自己的有色眼鏡，因為那樣會使你的文

字失去靈魂。如果你希望撰寫這本自傳的同時，可以抒發自己的感受，得到一種療癒的作用，那我就希望你用「心」去寫，而不是用「理性」去編輯與美化。如果你一直在自傳中自我逃避或批判自己，你很快就會失去撰寫的動力，也起不到療癒內心的作用。

選擇性地去表達與揭開自己的故事，這是我們在社交場合上一直在做的事。我們選擇性地問問題與做出反應，因為希望獲得別人的喜歡，所以表示認同、表示理解。但在這本屬於你的自傳裡，你不需要。你不需要別人來理解你的故事，你是唯一需要對這個故事負責的人，因為這是你的人生。

所以在撰寫這本自傳的同時，練習與學著在自己的故事中，全然地接納自己，接納自己曾有過的想法，接納自己曾經做過的事。從中練習與自己和解到擁抱自己的每一個階段吧。

這將會是一段心靈的旅程。也許在寫這本自傳的過程中，你也可能觸發自己內心裡一直被遺忘或壓抑的一塊。在書寫的過程中，你可能會有憂鬱或悲傷的情緒，我希望你能理解，這都很正常。而且這些真實的情緒與感受，恰恰能是你書寫的泉源，激發你文字動人的力量。

書寫能夠幫助人們用另一個角度來了解自己曾有過的情緒與感受。當你用文字去描述一件事情的時候，和你在當下用情緒去感受是不相同的，你可能更能夠明白與看清楚到自己情緒的源頭與事件的來龍去脈。透過一步一步把過往的故事用文字陳述出來，給了我們一個機會去用新的角度看待和解讀它們，這也可能

是一個寶貴的機會，去和自己和解，或是和過去的陰影告別。

　　我想提醒你，請記得，一定要對自己溫柔。拋棄掉批判的眼光，那些來自外面的批判與品頭論足已經太多了，你不需要再自己給自己增添那些壓力。

　　我想在這裡再表達一次我對你的敬佩，拿起這本書，決定開始這段旅程，已經是一件了不起的事，也展現了你決定要開始疼惜自己、正視自己價值的心。我希望你也能這樣認清自己，一切的發生，都是在那個階段對你來說最好的選擇。請你抱持著這樣的覺悟，繼續下面的自傳。

Chapter 3

# 建立架構與目錄

　　帶領你拋開內心的恐懼與批判後，現在我們的文具跟內心都
準備好了。準備開始動筆吧！

　　在開始一本書之前我們需要一個架構，這個架構可以幫助你
對於整本自傳有一個更為清楚的整體走向，也會讓你對於接下來
的寫作更有信心與概念。

　　在架設這本自傳的目錄與結構前，我要先帶領你畫下屬於你
的生命曲線圖。

　　生命曲線圖是我在就讀 GCDF[1] 證照班時學到的一種職涯探索
工具，利用列下人生的重大事件，並把這些事件連結起來，看成一
個整體來分析，找出驅動自己、產生成就感的要素。

　　我在寫這本書時就想到了這個圖，我想這是一個很好的工具，
來幫助我們把生命中的事件整理出來，利用其中的起伏來切割成
幾個段落，寫下不同階段的故事。

　　現在，請你參考第 42 頁的生命曲線圖範例，在第 43 頁的空白
曲線圖上畫出你的生命曲線圖，橫向座標代表著年齡，縱向座標
代表著你快樂與悲傷的情緒指數。

　　情緒指數中間的一條線，數字為零。往上從零到一百，往下從

---

1　GCDF：是目前全世界最大的全球職涯專業認證體系，由全球職涯領域的權威認證機構
　　NBCC（National Board of Certified Counselors，美國諮商師認證管理委員會）協會
　　之分會 CCE（Center for Credentialing and Education，認證暨教育中心）於 1997
　　年創立。自創立以來，便致力於培養職涯規劃和職業諮詢領域的專業人員，同時在全球
　　需求之下，更逐步推展至全球，終於成為全球最重要的職涯證照。

零到負一百。

　　依據你本書想要涉及的內容，年齡你可以從零歲一直寫到你現在的年齡，或到一百歲。年齡之間的區隔可以依照你目前的年齡，跟你每個階段的生命重大事件數量來增加或縮小。如果你二十歲到三十歲之間要記錄的重大事件較多，可能就需要大一點的空間；如果你現在是三十歲，從三十歲到一百歲的區間空格你就可以畫小一點，等到未來要新增上新的生命事件時再來做拓展。

　　接著，依照年齡的時間順序，把你從有記憶以來的所有人生中的重大事件，不論好壞，依照事件所帶給你的感受，在你年齡的那個時間軸上做出記號。感受越是正向，就把記號點在情緒指數越高的地方；事件帶給你的感受越是負面，記號就點在滿意度越低的地方。請盡可能地回想當時的感受，並且忠於它。

　　做出記號之後，請你在記號旁邊備註下這個事件，例如，被退學、生了一場重病、考了全校第一名、被升遷等等。

　　記號完成之後，請你畫一條線，把事件從第一個記號，一個一個連結到最後一個記號，你會看到這個屬於你，到目前為止的「生命曲線圖」。

　　如果你想要把這本書寫給未來的自己，或對未來的自己做一些預測或給予一些期待，你可以用虛線來畫一個你預測的，未來的生命曲線。

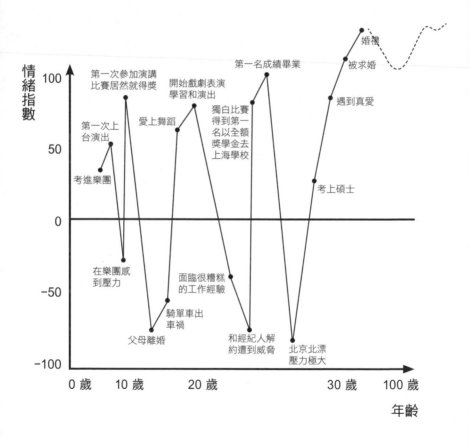

婚禮

第一名成績畢業

被求婚

遇到真愛

情緒指數

100

第一次參加演講
比賽居然就得獎

開始戲劇表演
學習和演出

第一次上
台演出

愛上舞蹈

獨白比賽
得到第一
名以全額
獎學金去
上海學校

50

考進樂團

考上碩士

0

在樂團感
到壓力

面臨很糟糕
的工作經驗

−50

騎單車出
車禍

父母離婚

和經紀人解
約遭到威脅

北京北漂
壓力極大

−100

0 歲        10 歲        20 歲        30 歲    100 歲

年齡

請繪製屬於你的生命曲線圖

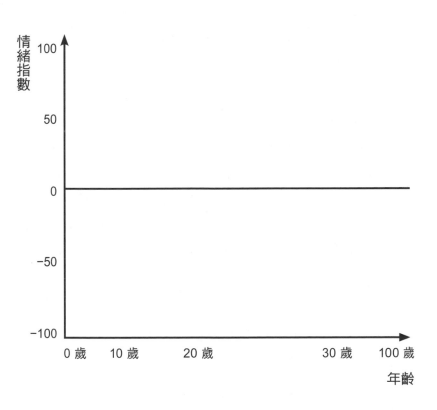

"You can't connect the dots looking forward; you can only connect them looking backwards." ——Steve Jobs

賈伯斯曾說過：「你無法預先把點點滴滴串連起來；只有在未來回顧時，你才會明白那些點點滴滴是如何串在一起的。」

人生就是由一件件事件和一個個選擇，去構成現在的你。這張生命曲線圖裡的記號，可能包含了你的工作、社交、愛情、嗜好、學業或心靈成長等等重大事件，這些起起伏伏，正好是你人生體驗豐富的寫照。

在完成這張生命曲線圖之後，我希望你透過這張圖，來把你的自傳設定成幾個段落。你可以畫出幾條線來將其區隔出來。可能是從哪個事件到哪個事件是一個章節，或從哪一個年齡段到哪一個年齡段你覺得適合放在一個章節。你也可以依照曲線的起伏做區分，這完全取決於你。只要找到你覺得適合你的方式，把你的自傳做一個段落分析即可。

在區分出不同的段落之後，請你在每個段落中寫上一個你覺得適合這個階段的標題。可能是依照你的發展時期來區分，那你可以寫嬰兒期、兒童期、青少年期、成年期；或是你是以對人生的感受來區分，那可能是，自我中心主義階段、被現實打擊那幾年、開始學習與感受內心的平靜、對生活感到滿足與幸福……放心，這些標題你隨時可以更改。你可能寫到一半的時候想到一個更好的詞句來描述那個階段的你，那你就進行更改。

　　列出了你生命中的重大事件，也完成了你生命各個階段的區分與命名之後，恭喜你，這就是你的自傳目錄了！

　　現在請你把目錄列出來。在你的生命曲線圖所區分出來的幾個章節前面，請你先加上幾個章節，第一個是「前言」，這個部分請你在完成此書之後再來撰寫。第二個部分是「序言」，也就是你寫這本自傳的目的。當然，你也可以自己再加一些其他的話，來更加完整你序言的章節。你也可以把這個章節更改成任何你覺得更好的標題，例如「獻給我女兒」、「這本自傳的誕生」等等。

　　接下來的章節，你就依照你剛剛生命曲線圖整理好的章節進行排序，寫出你的目錄即可。你之後可能會對這個目錄增加或減少一些章節，這完全沒有問題。這個部分只是希望幫助你對你的自傳有一個最初步的架構概念，目錄是你全書的綱領，如同房子的地基與鋼架，讓你看到接下來成品的一個雛形。

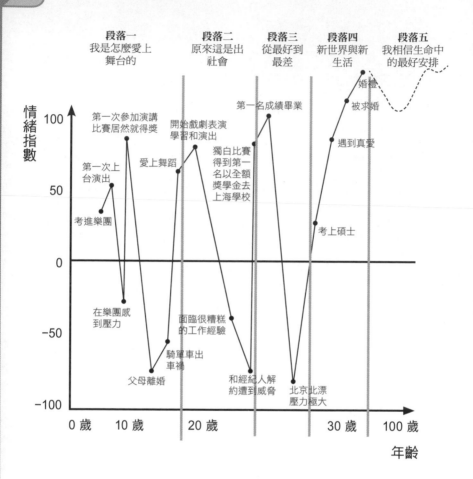

段落一
我是怎麼愛上
舞台的

段落二
原來這是出
社會

段落三
從最好到
最差

段落四
新世界與新
生活

段落五
我相信生命中
的最好安排

情緒指數

100

第一次參加演講
比賽居然就得獎

第一名成績畢業

開始戲劇表演
學習和演出

婚禮

被求婚

第一次上
台演出

愛上舞蹈

遇到真愛

50

獨白比賽
得到第一
名以全額
獎學金去
上海學校

考進樂團

0

考上碩士

-50

在樂團感
到壓力

面臨很糟糕
的工作經驗

騎單車出
車禍

父母離婚

和經紀人解
約遭到威脅

-100

北京北漂
壓力極大

0 歲    10 歲         20 歲              30 歲    100 歲

年齡

- 前言

- 序言:如果只能留下一樣東西,我想留下來我的故事

- 第一章:我是怎麼愛上舞台的

- 第二章:原來這是出社會

- 第三章:從最好到最差

- 第四章:新世界與新生活

- 第五章:我相信生命中的最好安排

**請參考你的生命曲線圖,寫下你自傳的目錄章節架構**

## 自傳目錄:

- 前言
- 序言
- _____
- _____
- _____
- _____
- _____
- _____
- _____
- _____
- _____
- _____
- _____
- _____
- _____

Chapter 4

# 暖身練習

## 人生關鍵詞

　　第一次接觸到人生關鍵詞是在《用一年時間重生：如何從 0 到 1 開啟個人事業》那本書中。裡面提到利用提煉人生關鍵詞來更明確自己人生方向，打造自己想要的人生。但在《我手寫我心：如何通過寫作成為更好的自己》中，則是建議我們可以利用關鍵詞聯想來幫助我們進行寫作。

　　透過擷取這兩種練習中的一些特點，我在這裡結合出了一種練習方式。帶領大家利用關鍵詞聯想，來把關鍵詞變成你的人生故事。

　　這個練習不僅可以幫助你回顧，更能帶領你寫下你的故事。你可能會意外地發現到，原來一個你平常不會太花心思的小東西，在你的生命中居然有這樣一段解讀，甚至從中發現自己寫作的天賦。

　　首先，我們先做一個小練習。

　　看著下面的關鍵詞，你會聯想到什麼與你的生活有關的事，或是什麼樣的感受，任何從你腦中閃過的東西，請寫下來。

　　例如，關鍵詞是「蠟燭」。

---

**蠟燭：**

小的時候，我姊姊先愛上了點蠟燭睡覺的習慣。對此，我超級恐懼。我小的時候就很怕火，也許是因為某一次在電視上看到

了自焚抗議的相關影片。我從小就最恐懼的死法，應該就是被火燒。然而搬到英國以後，我居然愛上了點蠟燭。

可能是在英國蠟燭是非常盛行的一種生活物品吧？我愛上了這種「儀式感」。

點起蠟燭，我感覺生活品質跟心情都有所提升。現在這幾乎是我的生活常備品。

點蠟燭也許很燒錢，但這種給生活增添質感的習慣，讓我感覺我有在疼愛我自己。也讓我感覺家裡更溫馨。所以我會一直燒下去。

　　現在換你了，把底下關鍵詞與你生活或感受的聯想自由地寫下來。

● 手機

_____

_____

_____

_____

_____

_____

_____

● 毛毯：

● 彩虹：

_____

_____

_____

_____

_____

● 馬克杯：

_____

_____

_____

_____

_____

_____

_____

_____

● 母親：

_____

_____

_____

_____

_____

_____

_____

_____

_____

_____

關鍵詞並不一定要是一個名詞，有時候也可以是一個動詞或形容詞。

這就如同有時候，你聽別人訴說一個故事，只要你也有類似的經驗，對方形容的那種疼痛感或悲傷，你很快就能夠有畫面與感覺，儘管每個人腦中跑出來的事件是不一樣的，因為那些都是從個人經驗中去提取出來的。就像有時候別人在跟你分享他第一次約會的經驗，你也可能會聯想到，你自己第一次約會的經驗。或是你聽到朋友在訴說一件很悲傷的事，你可能會說，「我完全懂你的感覺，我有一次也是這樣……」

就是像這樣的聯想。現在也請你透過下面的幾個關鍵詞，去感受並提取出最讓你印象深刻的經驗，寫下來。暫時放下事件的細節與真實度的還原，先用你的感受與印象盡情地去書寫。

● 拉扯：

_____

_____

_____

_____

_____

_____

_____

_____

_____

● 親吻：

_____

_____

_____

_____

_____

_____

_____

_____

_____

● 驕傲：

_____

_____

_____

_____

_____

_____

_____

_____

● 痛苦：

_____

_____

_____

_____

_____

_____

_____

_____

● 放手：

_____

_____

_____

_____

_____

_____

_____

_____

_____

　　寫完之後，你發現了嗎？就是這些小故事，組成了你的故事。單單只是一個詞，卻能夠激發你記憶裡的畫面，內心的感受，甚至是強烈的情緒，讓你動筆去記錄下來，甚至寫得比你想得更多。

　　你的腦子裡其實有比你以為得更多的儲備量，只是需要一點激發，需要你花時間去思考它、回憶它，甚至是記錄它。很多時候你現在腦子裡能夠清楚憶起的事，要不是很近期，就是很深刻，所以去把握機會記錄下來，你珍貴的記憶才不會被時間偷走，並被保存下來。

　　透過書寫，也能帶你二次回顧，重新看待事物的價值與其影

響。未來回來看，小事情，也很珍貴。

我希望本書帶你養成一種習慣，去書寫，去記錄，去反思，去抒發。讓你走過的、感受到的都被你真真切切地記錄與保存下來。相信我，你會感受到改變。

## 糧食儲備

提高輸入，才能提高輸出。跟大家分享幾個我在寫書的過程中，靈感枯竭時會去做的事，以及我認為對於寫作有幫助的行動。

在寫書的過程中，不管是再厲害的作者，都可能遇到失去靈感的時候。所以在開始書寫之前，我想先教給大家一些方式，讓你在感覺到大腦枯竭的時候，可以去找到能夠給你大腦補充能量的精神與知識糧食。當你接下來在書寫的過程中感到無力時，你可以試試以下的幾種方法，也許能夠幫助你找回書寫的動力。

### 閱讀

閱讀真的幫助了我很多，在我撰寫這本書的時候。每當感覺到思緒有點枯竭，我就會去看一會兒書，不管是哪一類的書籍都可以。就像我這本書裡引用了不少不同的書籍給我的啟發與想法一樣，我常常在看一本書的時候，突然就有了新的感悟，或是覺得這根本是呼應我書中想法的一個完美的例子，我就會趕緊做筆記記下來。雖然不同種類的書籍都能給我許多的寫作靈感，不過在撰

寫自傳的期間，我還是特別推薦大家可以去看一些別人的自傳或和書寫有關的書籍。我建議大家可以在開始撰寫自傳的同時，就在身邊準備幾本書，時不時可以拿起來讀一下。透過閱讀別人的文字表達，你會慢慢找到自己書寫的表達方式。

因為我平常喜歡閱讀心靈和勵志相關的書籍，所以如果不是有了寫這本書的靈感，並且開始我的寫書之旅，我都不知道有這麼多幫助我們去練習書寫的書籍可以去參考與學習。這些書籍也確實都在很大程度上幫助了我，去突破書寫的瓶頸期，也帶給我許多自信去完成我的書。除此之外，在閱讀這些書的時候，我很常突然聯想到另一本書，然後碰撞之下就產生了新的靈感可以運用在撰寫自傳的引導中。所以，我真的十分建議大家，可以盡可能地累積自己的閱讀量。這些累積，不只是知識上的提升，也會在你需要一些表達和書寫上的靈感時，突然給到你很大的幫助。所以不管是不是為了撰寫你的自傳，就算是在你自傳已經完成了的以後，我都希望你能繼續保持閱讀的習慣，讓它變成你的一種生活方式。

心靈書寫也是我在撰寫這本書的時候才接觸與了解到的，當我理解到了心靈書寫之後，我也才明白為什麼我在心煩意亂的時候總會想要寫東西。但也因為常常太臨時與突然，我的這種書寫真的遍布在不同的筆記本和電腦的資料夾中，甚至在備忘錄裡。有時候意外打開來讀還會嚇一跳，想說我居然還寫過這個？

書寫對我來說真的就是一種抒發，但如果不是了解到心靈書

寫這個概念，我可能也不會去看相關的書籍，並且對此有了更多的認識。如果你們也開始對心靈書寫感興趣，也有許多不錯的相關書籍可以去閱讀了解。也許在你們看完這些書之後，就會也開始把撰寫自傳看成一種心靈抒發的出口。

例如：

《心靈寫作：創造你的異想世界》（Writing Down The Bones: Freeing the Writer Within），作者：娜妲莉·高柏

《療癒寫作：啟動靈性的書寫祕密》（The True Secret of Writing: Connecting Life with Language），作者：娜妲莉·高柏

《寫出你的內心戲：60 個有趣的心靈寫作練習》（Write Down Your Inner Drama: 60 Interesting Writing Practices），作者：莊慧秋

此外，我也推薦你們可以去看一些你以前很愛的書，不管是技術書、小說、勵志書籍，或甚至是繪本。那些對你來說印象深刻的書，可能對你的生命意義來說也很具有價值，再次閱讀也可能帶給你新的體會，或把你帶回到某個當下，幫助你在接下來的書寫中有一些過往的記憶與想法回到腦海中。

這本書寫到這裡，我想以一個例子來做說明。所以我翻開我小時候最愛的一本繪本。

我家以前有非常多的繪本，都是小時候爸爸媽媽唸給我們聽的。我記得我和姊姊小時候最愛的一本繪本是《像新的一樣好》。它經歷好了幾次大掃除，大多數的繪本都被丟掉了，只剩下它，被

我和姊姊堅持要留下。這次重新翻開，光是第一頁就讓我內心充滿奇妙的感覺，因為我真的大概八到十年都沒有翻開它了吧！或甚至更久。但繪本裡的繪畫卻如此熟悉。再讀一次，我還真說不出它讓我如此喜愛的原因，可能是因為裡面爺爺的形象，讓我感受到好多的愛？也可能是，我也有一隻大熊陪我一起長大，讓我感覺我就是裡面的主人翁。真希望我有機會問問看小時候的我，為什麼喜歡這本繪本。我覺得，小時候的我，一定能說出更好的回答。不管是什麼原因，再看一次，我還是很喜歡，但現在要我回答，那答案可能是因為，這本書承載著我小時候的回憶，和家人的回憶、和姊姊的回憶。只是，最讓我驚訝的是，看完這本繪本之後，我內心裡居然幫它寫起了續集。腦中跑出了繪本的圖，是爺爺走了，主人翁再次找出多年來沒有抱過的大熊，幫大熊用肥皂水再洗了一次澡。主人翁看著洗乾淨的大熊，他說：「你沒有跟新的一樣，你比新的更好。謝謝你，爺爺。」不管是從我內心裡寫的續集，還是從這本繪本對我的意義上來看，都大概反映出了我內心很念舊的一個部分，一個物品背後有一個我與重要的人和故事，我就覺得價值連城。

　　你還留著你小時候閱讀的繪本嗎？還是你有你最喜歡的某一本書？每一個時期你喜歡的書和書的類型都可能會有點不同。例如，我小的時候最喜歡的書是繪本；到了國小的時候我開始愛上看人物傳記和小說；高中和大學時，我最喜歡讀勵志和心靈成長類的書籍。如果大家在撰寫某個階段的自傳時遇到了瓶頸，感覺

自己離那個階段太遠，無法回憶起自己當時的狀態與思考模式。我建議大家可以在自己那一個時期裡最喜歡的書籍裡，挑一本自己當時最喜歡或印象最深刻的書。你可以重新翻一翻或仔細地重新閱讀一次，並寫下你那個時候喜歡它的原因，和你現在對這本書的看法。你也可以分享一下，這本書對你後來是否產生了什麼影響等等。這不一定要放到自傳當中，但卻是一個很好的方式，來重新回顧與認識那個階段的自己，處於什麼樣的心態，與對什麼樣的事物感到有興趣。

　　我總覺得，當你剛剛認識一個人的時候，問他，他最喜歡的書是什麼？也許是一個認識一個人很好的方式。即使他說不出一本確切的書，但也可以知道，他喜歡的書是哪一種類型，這能幫助我們認識到對方有興趣的東西大概是什麼。這就像是，我記得我在上海溫哥華電影學院裡的其中一堂課，那是那門課的第一堂，又是混班上課，所以班上許多人都不認識彼此。老師就請我們每個人輪流上去說自己最喜歡的三部電影，並說明其原因。那時我意外的發現，真的可以從一個人喜歡的作品裡看到一些這個人的特點，或是他內心柔軟的一面、在意的人事物。不管是電影或是書，我相信道理是一樣的。所以，也去找一本你覺得最能引起你共鳴的書吧！重新閱讀它、享受它，並寫下你的感受，或是它對你的意義。至於放不放進去你的自傳裡，你可以之後再決定，但我推薦你可以這麼做。

　　閱讀的內容與你的自傳是否相關其實並不重要，閱讀只是一

種方法，帶你先離開一下書寫的那個持續輸出的狀態，重新給腦袋一些新的能源補充。適時給自己的腦袋注入新的知識，並通過時間消化，產生出屬於你的理解是一種重要的循環。要寫出好的故事，除了要有所體驗與體會，還要有好的文字來持續滋養你。這並不是要你擁有和那些作者一樣的華麗辭藻，只是你的腦袋在閱讀時會在你無意識之間，學習不同的文字技巧，和轉換思考的角度，使你在撰寫自傳的時候，會有更多的資料庫可以被提取與使用。你會慢慢發現，你可以用許多不同的方式，來更加貼切地去形容與描述一個事件，更加真實地去還原你當時的情境與心境。

## 往內走，專注於當下的感受

隨著科技的進步，人們開始「閒不下來了」。手機在等車時不離手，上廁所時不離手，吃飯時也不離手……似乎沒有把生活中所有細小的碎片時刻都拿來滑手機就會錯過天下大事。

Fear of missing out（FOMO），害怕錯過。這個詞出現於 2004 年，伴隨著這個現象的普遍，這個詞也在 2010 年開始被廣泛使用。FOMO 被認為是一種因為一系列負面的生活經驗和感受，而產生出來的社群媒體依戀，但我認為這個問題很大程度上也是因為我們現在人的生活，不管是在工作、社交、生活需求等等，各個層面上都已經與網路和社群媒體分不開。在長時間過於依賴網路的情況下，我們就很難防止網路或社群上龐大的內容與資訊不會去影響到我們。而如同阿德勒曾說過：「一切煩惱都來自於人際關

係。」（這裡的人際關係，指的是我們每個人作為這世上人類中的一分子，我們無法徹底擺脫人群與社會單獨生存，而我們的一切煩惱都來自於我們如何看待自己和他人的關係。）當我們透過網路，能夠更加輕易地去了解到與接觸到這個世界上其他人的生活時，我們也更加容易被其所影響。不論是比較心理，或是前面提到的「不想錯過」的心態，都可能使我們的想法被社群媒體操控或影響。但我們常常忘記的是，社群媒體上的一切，大多數都是「被選擇」後，想去被看見的那個部分，而非全然的真實與完整。而我們任由這些資訊進入我們的大腦，左右我們的情緒與想法，我們又如何能確保自己的心理健康不被影響呢？我們無法完全擺脫網路，這是這個時代前進與連結的主要方式，但越是處在這樣資訊爆炸的時代，我們越要懂得停下來，小心注意我們攝取的訊息，並以更加理性的態度去「選擇性」地接收。最重要的是，試著往內在去探索與感受自己的心，而非持續地往外去尋找社群媒體上的認同感，拿回自我價值判斷的權利。

身邊的科技產品除了可能對我們的心理造成影響，你有沒有過這樣的經驗：想著要拿手機查一個東西，結果就被跳出來的訊息給吸引了，回一下訊息，或是滑了一下社群媒體，滑著滑著，就發現自己浪費了好幾分鐘，最後也忘了自己原本拿起手機要做什麼？然而，我們浪費掉的其實不僅僅是時間。當我們滑手機的時候，也是不停地在往腦袋裡面灌輸資訊，不管這些資訊我們是否需要，我們都在持續地刺激我們的大腦與潛意識。也因為如此，我

們現代人的大腦中充滿許多雜訊，導致我們的大腦不僅沒有得到充分的休息，也無法擁有足夠的時間真正地去消化或重新組織我們需要的訊息。

我們現在許多人都以為的放下工作，滑手機、看劇是一種讓自己休息的方式。事實上，不管你是否有「意識」到腦袋在工作，你的潛意識無時無刻都在接收訊息，根本沒有得到真正「休息」的機會。我這裡說的「休息」，並不是實質上的工作停擺。相反的，這樣停止給予腦袋刺激，或停止強迫性地去逼腦袋思考一個問題，實質上是在給腦袋一種機會，讓它自己去重新整理與重組裡面的資訊庫，去真正地吸收、整理並運用我們腦子裡面滿滿當當的資訊。這也是為什麼許多人都發現，當自己卡在一個問題上解不開的時候，去泡個澡或睡一下再回到這個問題上往往會有所幫助，甚至在睡夢中想到答案。去練習安靜與放鬆，往內走，找尋內在的平靜與安寧。在面對這個資訊吵雜的世界之餘，給腦袋一點喘息的空間。

我自己的做法是，開始試著把早上剛睡醒的時間好好地、完整地留給自己。去刷牙、洗臉、專心吃一頓營養的早餐、專心享受一杯暖暖的咖啡，或甚至做一些運動。如果你和你的家人、室友或是伴侶同住，只要你樂意，你也可以跟他們一起分享這一段晨間時光，把它變成一個與他們交流的珍貴時段。可能是與他們一起吃一頓美味的早餐、聊聊今天的計畫或昨天的趣事等等……重點是這一段時間要完整地、專心地保留給當下的體驗，沒有電子通訊

設備的干擾或其帶來的壓力。

　　另外一個幫助自己專注於當下的練習是「冥想」。這個練習相對來說可能就需要更多的練習與時間的積累。對於完全沒有做過冥想練習的人來說，剛開始可能會覺得比較困難。尤其現在我們已經習慣了處在不斷接收資訊的狀態，要我們突然停下來，什麼都不做，單純地靜下來、專注於呼吸，是一件非常困難的事。似乎當我們越是提醒自己的腦子休息下來，它就越是會不停地轉，會一直提醒你還有什麼事情要去做、要去思考，就像是在哄一個沒有睡意的孩子入睡。

　　最常見的冥想練習，是專注於呼吸。當你專注在有意識地、深深地吸氣與緩慢地吐氣中，去控制你的呼吸，並且感受你的呼吸與身體，就能去幫助你放下過多的思考，進而達到專注且平靜的狀態。但我依然建議大家可以多去查找一些和冥想相關的練習影片或書籍來參考練習，因為相關的冥想練習有許多種，只有透過不停地嘗試與學習了解，才能慢慢找到最適合自己的。

　　這裡跟大家推薦一本書《我不要完美，只要完整：成為自己的七堂課》（作者：丁寧）。這本書是我姊姊借給我讀的，裡面分享的一個概念是「身心是不斷相互影響的」，並延伸著這個中心理念，帶著讀者去利用瑜伽和冥想達到身心的平衡狀態。書裡講解了許多不同的瑜伽和冥想的練習方法，甚至還有圖片可以跟著練習，並且結合了作者自己的故事，讓讀者可以跟著作者一起探索自己，並把自己從外而內進行重新整理。不管是從學習他人如何

寫自傳的角度，或是從冥想練習的角度，我都覺得這是一本非常值得閱讀的書。甚至你可能會在讀完這本書後，開始想嘗試瑜伽，那也很好。嘗試一項新的事物也是一種很好的自我輸入與能量供給的方式，我們後面會提到。

　　但說了這麼多，我還是想提醒大家，冥想本身就是一種需要時間慢慢學習的技能，所以大家一定要保持耐心，持續探索。我也希望大家不要「強迫自己」。透過冥想達到思想和內心平靜的狀態並不是一件能夠輕鬆達到的事，不需要在自己腦袋中有雜音的時候責備自己。我以前嘗試冥想練習的時候，總希望能找到那股平靜的感覺，但我越是想要去安靜下來，腦袋的聲音越多。我總覺得是自己不夠專注或自己練習不夠，但這樣的自我責備也常常讓我在冥想中感到更加煩躁。接納自己腦中的聲音才有可能讓那些聲音自己選擇離開，這就像你寫自傳的時候一樣，學會去接納每個階段的自己，才能迎接新的。冥想雖然在世界各地都越來越廣受眾人的推崇，就連我自己也一直在持續練習和探索中，希望能得到一些幫助與啟發，或是感到平靜，但依然不代表它適合每一個人。

　　我建議大家可以從三分鐘開始，到五分鐘、十分鐘、半小時、一小時，甚至更長的時間……漸漸地你可能會發現，通過冥想能夠幫助你觸及你心底一些更加深層次的意識與情感，而那些經過時間的積累，都會慢慢地呈現在你的文字裡。你也可能會發現，你漸漸可以跟自己的內心或潛意識對話，甚至更加了解自己了。

## 往外走，擴大自己的視野

　　雖然現在交通的發達和生活水準的上升，旅行已經成為一種普遍的休閒活動，但不知道大家有沒有意識到，不管是從以前還是到現在，除了商務出差，旅行更是常常出現在一個階段的結束、一個新的階段的開始、需要喘口氣、需要給生活帶來一些改變、需要給自己一點時間去重新整理自己內在的時候，例如畢業旅行、蜜月旅行、休學的一年去打工度假……也因為這些，促使我們去給自己放一個長假的理由，除了放鬆，旅行更多了一種意義，而這種意義，也可能在我們的旅途上帶來啟發。就像是畢業旅行的時候，你知道接下來大家就要各奔東西了，這可能是最後一次大家能這麼多人聚在一起，所以你希望好好地去享受跟這些朋友的時光，和他們一起無憂無慮地去感受青春；蜜月旅行則像是一種慶祝，慶祝要一起開創一個美好的開始，兩個人一起放下生活裡的所有壓力，好似一起逃到一個屬於你們的星球，好好地專注在彼此身上，共同慶祝將要與彼此攜手邁入人生的新階段。這些理由，讓我們專注地花時間和身邊的人或自己相處，去享受當下和發現周圍新鮮的事物。旅行是一個很好的機會，讓我們脫離我們早已經習慣的生活步調與環境，放下平常生活裡的快節奏，讓大腦放慢腳步，去觀察與享受。

　　除了旅行，曾經在許多不同的城市生活過的經驗，也讓我感覺受益良多，十分享受。

在我大學畢業之前，我去過日本、韓國、泰國、香港、關島等等地方旅遊，但之後回想，其實那個時候，感覺我的眼界還沒有被打開。一直到我畢業前報名了學校到美國打工度假的名額，開啟了我在美國打工度假半年的體驗，我才真切地體會到世界之大。

在國外生活與工作跟去旅遊是完全不同的體驗。我很幸運我是到了美國山上的一對老夫妻的小度假區工作，他們像家人一般地對待我，也讓我在那段時間體驗了許多美國當地的文化，和當地人的生活方式。因為不是大城市，山裡的生活讓我感覺回歸到了大自然的懷抱，我的生活和身體狀態在那段時間裡都感覺極佳。從沒想過在地球的另一端我能找到像家一樣溫暖的感覺。一直到現在，即使過了近九年的時間了，我依然和他們保持聯繫，我知道這樣的關係與緣分得來不易，我相當珍惜。他們讓我在自己第一次真正踏入一個新的文化與語言環境中鍛鍊自己的時候，是被愛包圍著的。

我記得我剛到美國時，要我用英語講出完整的句子都很困難，更別說與人交流。所以剛剛開始工作的那段時間，我幾乎每個晚上都是抱著店裡的菜單背到入睡，然後每天練習點餐的程序、怎麼與客人聊天，和背下店裡的每一種調料名稱。但那段經歷對我來說無比珍貴，也對我之後到了上海、北京和英國生活與發展產生重要的影響。

新的生活環境與文化，總是能帶給我一些新的收穫與省思。就像是爬到高山上俯瞰，才突然感覺到自己的渺小一般，透過不

同的風景與人文環境所帶來的衝擊，真的會喚起人們內心的一些
從未有過的波動與思考。許多作家會成為作家，也是因為他們搬
到了一個新的地方、展開新的生活方式，或有了對生命全新的體
悟，才開始了他們的寫作之路，例如《HYGGE[2]! 丹麥一年：我的
快樂調查報告》（The Year of Living Danishly: Uncovering the Secrets
of the World's Happiest Country）這本書，也是作者——海倫·羅素
因緣際會之下要搬到丹麥，才有了寫這本書的想法並有機會付諸
實踐。其實這樣的例子真的非常非常多，我會對這本書特別有感
覺，是因為作者在搬到丹麥之前也是住在英國。她對她從前的生
活描述，我總感覺體現出了許多在英國上班族，或甚至世界上許
多地方的上班族的生活寫照。就連她面對改變時的恐懼和產生的
行動都寫得十分貼切，讓我想到我之前面對有可能要搬去沙特的
時候也跟她一樣做了許多研究。我相信不管你對你現在的生活滿
意度有多低，踏出舒適圈都依然需要勇氣，但改變肯定能為你的
人生帶來新的契機，就像她這本書的誕生一樣；就像你現在翻開
這本書，開始你的自傳一樣。甚至未來的某一天，你可能會想要搬
到一個新的城市，開始為你人生的新篇章寫一本新的自傳或其他
主題的書籍，有何不可？

---

2　hygge 很難發音，也很難解釋。簡而言之，hygge 就是從日常忙碌中抽出時間與你關
　　心的人（甚至是你自己）在一起，放鬆身心並享受生活中更安靜的樂趣。通常是指與家
　　人或親密朋友在一起的非正式時間。

　　延續上面這本書的例子，我也想跟大家分享一個我的旅行前喜好。我很喜歡也非常推薦大家到了一個新的地方旅行之前，可以先找一本跟這個地方有關的、你有興趣的書籍閱讀，可能是當地的歷史、建築風格、文化習慣等等，相關的任何書籍都可以。這並不是要你搞得像去當地做什麼學習考察，而是讓你在旅遊的時候可以有更豐富的體會與視角。《HYGGE! 丹麥一年：我的快樂調查報告》這本書就是我在要去丹麥旅遊之前，找到的一本我覺得特別有趣的書。讀完這本書之後，讓我對這個地方的人文有了更進一步的認識，也讓我在旅遊的時候看東西的角度有所不同。例如，比起第一次來丹麥，我對這裡的房子、傢俱和生活用品的設計感覺更感興趣了，也會特別注意丹麥人是如何把「HYGGE」融入到生活中。走在丹麥的街道上，也都會感覺自己能夠注意到書裡提到的那些丹麥人生活方式的縮影，這真的很有趣。

　　走出去，去看世界，去體會這個世界，有時候單靠著走馬看花的旅遊方式是不夠的。如果你不夠深入去了解與體會當地的文化或歷史，那那些景點都可能只是你社群媒體上的一種打卡紀錄罷了。你可能會說：「我連擠出幾天的時間去旅遊都很難了，怎麼找到時間去深度探訪一個地方或生活？」但其實重點不在於你在一個地方待的時間的長短。大家可以有很多方式，讓你的旅行更加有意義與啟發性。如我上面說的，閱讀和當地相關的書籍；或你也可以看一部在當地拍的電影、影集或紀錄片等等，都是一種很好的方式，讓你能夠在出發前，先對當地的歷史背景或各種不同的

方面進行一些了解。除此之外，你也可以參與當地的特殊節日活動、與當地人聊聊天、走訪一些可能不那麼知名，但卻能看到當地生活與文化的地方（逛逛當地的市集是我最喜歡的，雖然現在許多市集都成了觀光景點，而不那麼在地化了）……

　　相信大家都聽過「讀萬卷書，不如行萬里路」，但我更加相信的是，在你行萬里路的同時，不如配合著萬卷書的知識，去感受這個城市。有了一些知識量的烘托，才能更加突顯一個地方的魅力。就像去到美術館看藝術品一樣，有些作品單看著沒什麼特別的感覺，但在解說員的故事講解下，這個藝術品突然意義非凡，使人想多駐留個幾分鐘去享受與感受它。

　　若要問我，我過往去過那麼多地方旅行、求學和生活的經驗對我現在寫這本書有什麼影響，我無法確切地回答，但我知道，那些走過的路、看過的風景、體驗過的文化都是造就現在的我的思維模式不可或缺的一部分，而這本書的字字句句都源自於那裡。就像你現在擁有的這些的智慧，也是你從你過往經驗與學習慢慢累積出來的。在未來裡，繼續盡可能地多出去看看這個世界吧！世界將會帶領你去感受到更深層次的東西，即使不是即刻性的。就像我過往一次次選擇離開舒適圈時的積累，也帶給我開始寫這本書的勇氣，但這是我過去意識不到的。

## 記錄生活

　　我知道許多人都曾經嘗試過寫日記，但又覺得難以堅持。這裡

我並不要求大家開始撰寫每日日記，但我鼓勵大家去盡可能地記錄下生活，不管用什麼方式。

在第一章裡我提到過，許多作家們會有一個小本子，記錄下生活中的趣事，來作為日後的素材庫。雖然我覺得你不一定要這麼做，甚至有時候真的有一件特別想記錄下來的事怕忘記，你也可以用手機的記事本快速記下，也可能可以達到一樣的效果。

然而，儘管有許多種方式，我也希望大家都以一種最沒有壓力的方式來試著記錄生活，但我依然非常推薦每個人可以養成寫日記的「習慣」。我想強調「習慣」是因為不管你用哪一種方式來記錄生活，重點都在於「習慣」。當你沒有這一種習慣的時候，不管用哪一種方式都不會長久，或是會感覺到有壓力與排斥。

就像對於有運動習慣的人來說，只要有一段時間沒有運動，就會感覺到不舒服或缺少了點什麼。當寫日記變成一種習慣的時候，你也會開始將其從一種需要自我提醒與督促去完成的事情，變成一種自發性想去完成的事，也可能從中感受到樂趣與成就感。這個習慣養成的重點在於耐心，你需要給一個習慣的養成一點時間，在這個習慣養成之前，需要你多一點的自我督促，但我希望你不要自我責備，不要因為自己忘記了一次、兩次而覺得自己就是不行，而就放棄了。今天忘記了，就想辦法讓明天的自己記得。你可以把大大的提醒字樣，寫在你醒來和睡前，一眼就會看到的地方。如果覺得自己擠不出時間，只寫個一兩句記錄重點也好。重點在於「去做」，就是在養成這個習慣了。

　　自傳和日記不同，自傳記錄了你人生中的大方向和事件，日記則是在幫助你在日後的自傳中提供素材與依據。

　　在 NIKE 創辦人菲爾·奈特撰寫的自傳《跑出全世界的人：NIKE 創辦人菲爾·奈特夢想路上的勇氣與初心》（SHOE DOG: A Memoir by the Creator of NIKE）中，他撰寫了他在創立 NIKE 這個品牌之前，到世界各地旅遊的一段故事與經歷。裡面的內容，將其旅遊了那麼多個國家與城市時的感受，濃縮到了幾頁的內容，但是卻無比的深刻與清晰。他在書中提到：「最後一晚，我不停地回顧整個旅程，在自己的日誌中記錄要點，捫心自問，哪些才是最難忘的？」我相信他當時記憶猶新時做的文字紀錄，不僅時不時幫助他在創業的路上，重新回顧那段旅程帶給他的意義，肯定也幫助了他之後撰寫這本自傳時能夠有更佳清晰的回顧，也才能將如此激動人心的故事如此細節地呈現到我們的面前。那時的他，也不知道他的這段旅程和故事，將會如此廣泛地被流傳與影響他人。

　　寫日記的好處與用處其實有很多，但這也必須要有一定的時間去堅持累積才能被看見。例如，通過每天寫感恩日記來增加生活的幸福感，可能不是寫一兩天就能感覺到效果，但長期寫下來，你就會發現自己擁有的其實很多。或是你原本只是單純每天寫下生活與工作記事，結果一兩年之後回來讀，發現自己的日記根本可以出一本職場生存指南……

　　寫日記和寫自傳有一個共通的好處，就是抒發與療癒。就像我

第一章說的，通過把事件描寫出來，能夠釋放情緒與感受，也能幫助你用不同的角度來看待這一個事件。自傳裡寫的，通常是你生命中的重大事件。但通過撰寫日記，能夠幫助你在生活中，面臨各種困難或挫折時，可以適時地得到釋放。這就像是常常進行打掃與清潔，自然不會被堆積的垃圾搞得臭氣熏天。儘管與家人、朋友訴苦也可能讓自己舒服一點，但誰都不希望自己成為一個成天抱怨、給別人負能量的人，所以越是負面的情緒，越是應該付諸紙筆，寫到一張紙上就真的當作把這些不愉快丟到一張紙上了，不再自我糾結，久而久之，你可以感覺自己身心靈都會更加輕鬆。

另外一個寫日記的好處是，在你撰寫日記的過程中，你也會開始慢慢地抓到書寫的手感，這種手感很重要，它將是你撰寫自傳過程中自信的來源。在你尚未開始撰寫之前，你自然不會知道自己可以，這也是為什麼開始任何事情之前的第一步最為困難。你需要先寫，才能知道自己能寫。在一開始，你可能會很容易卡住，對事件的形容與描寫也較為生疏，可能幾句話就結束了。但沒關係，人的腦袋聯想能力是無窮的，我們可以利用這一點來做練習與延伸。後面的書寫練習裡我會帶領你做這方面的練習。我只希望你能慢慢開始練習著去記錄下你生活裡的重點事件。在記錄中，慢慢讓自己對於事件的回憶思維更加靈活起來，書寫的手感也慢慢培養起來，這也將會為你之後撰寫自傳、或是寫其他任何東西都帶來極大的幫助。

## 交流與分享

上面提到，越是不開心的事物，越是應該丟到文字裡去釋放；但反過來說，越是開心的事，我越是推薦大家去和別人一起分享那一份喜悅。

在《Happy as a Dane: 10 Secrets of the Happiest People in the World》[3]這本書裡，就提到其中一項丹麥人快樂的祕訣，那就是愛與分享。愛別人，還有與別人分享喜悅，就是獲得快樂的泉源之一，也是使自己幸福的方法。（不好意思，我一直提到跟丹麥有關的書籍，因為寫這本書的同時，我人正好在丹麥，執行我的「走遍丹麥咖啡廳寫書計畫」，然後一邊看書研究丹麥人的快樂祕訣，試圖偷一點他們的快樂智慧。）

除了去分享發生在自己身上那些快樂的經驗與事件，真心地去為他人的成就與幸福感到開心並送上祝福也是一種很棒的方式，來提升自己的幸福感。這也是我喜歡去參加婚禮的原因，去沾染與沈浸在那種幸福的氛圍中，真的會讓人感覺到非常快樂。

婚禮不是天天都有，但那種正向的交流機會卻可以常常被創造在日常生活中。不管是簡單的問候與祝福，或是在生活中製造一些儀式感都是很好的方式。我們常常成日埋頭苦幹，把一切的成長進步視為理所應當，忘了鼓勵自己與他人在生活中的小小成

---

3　《Happy as a Dane: 10 Secrets of the Happiest People in the World》，作者：Malene Rydahl。

就。你是否有過這樣的經驗，一個案子結束了，就趕緊投入下一個、下下一個，不敢停歇，也不覺得有什麼好慶祝；不喜歡分享自己的成就，不想被聽起來好像在吹噓；稱讚別人感覺很扭捏，怕聽起來太像在吹捧；被稱讚也要趕緊找理由，讓自己聽起來謙虛一點。

然而，正向肯定其實是一種吸引更多正向事物的重要方法。就像《原子習慣：細微改變帶來巨大成就的實證法則》[4]那本書裡的其中一個法則——讓獎賞令人滿足：當成功執行一個目標時，給自己一個小獎勵，以強化這個行為和習慣。獲得別人的讚賞會給人一種被充電的感覺，讓人想主動再去做更多（你們知道怎麼樣讓自己的另一半對你們更好了吧？！），而鼓勵自己其實也一樣重要，也有一樣的效果，所以不要再覺得自己每天早上起來，對著鏡子給自己加油打氣、稱讚自己看起來會很蠢，因為這輩子你最需要認同的人就是你自己，最需要你認同的也是你自己。

以上就是所謂的，透過正向的情緒去使大腦識別與記憶這一個行為，進而讓這樣的成就與進步持續地發生、快樂地發生。要產生這種正向循環，讓生活中總是存在著備受鼓舞的氣勢，除了要多多感謝別人的付出，稱讚別人的成就，你也要同樣去給自己

---

4　《原子習慣：細微改變帶來巨大成就的實證法則》（Atomic Habits: An Easy & Proven Way to Build Good Habits & Break Bad Ones），作者：詹姆斯·克利爾（James Clear）。

肯定與鼓勵。

　　電視劇《繁花》裡有一句話，「經常慶功，就能成功」。我一開始還想，他們那麼慘，到底慶祝什麼？但之後發現，就是要有這樣的精神，否則那樣的困境任誰都難以堅持下去。即使在困境裡也要找盡方式鼓舞自己，把失敗當做學習的機會，把危機看作轉機。盡可能多去找理由與別人一起分享和慶祝生活中那些大大小小的成就與喜悅。營造生活中的儀式感，也能提升每一次交流的品質，像是今天晚餐關掉電視，變成播輕音樂，再點些蠟燭。不只專注在食物的味道，也專注在與你用餐的對象。

　　如果要說有什麼比走出去看看這個世界和閱讀更加吸引我、也影響我更深的，那就是與人的交流了。作為演員的背景，使我對於「人」特別感興趣。我喜歡觀察人，更喜歡與人交談，這點從我很小的時候就可以看得出來。但隨著年齡的增長與出了社會之後，我開始對什麼時間點該說什麼越來越小心翼翼，也會對於對方的反應越來越敏銳，總是會從觀察對方的反應中去判斷自己說的話是否恰當。雖然說話這件事對我來說不如從前那般的自在，但這並不影響我喜歡與人交流，因為除了說，我也很喜歡聽。而其實「聽」其實也是一種很好的交流方式。這裡的「聽」不是「聽到」，而是「傾聽」。「傾聽」是需要「專注」的，而這份「專注」是交流的關鍵。

　　我特別喜歡去聽別人的故事，人生故事也好、感情故事也好，除了那些很表面但又不可避免的客氣問候，任何朋友願意和我敞

開心房分享他們的故事，我都會感到很榮幸，也會希望自己能夠專心地傾聽並給出回應，畢竟那是一種信任。

不僅是傾聽，我也擅長把自己放在對方的位置去思考與感受事情。這個特點讓我曾經想過我是否應該去當心理咨詢師，但顯然在求學的過程中，學習戲劇表演更加吸引我。不過，就算是從戲劇表演方面來看，我的這種共情能力和對人的好奇心，也確實幫助了我很多。而轉換到日常的社交上，我樂於傾聽與談天的性格，也使我收穫了不少珍貴的情誼。

不管是和朋友或家人分享生活，或是傾聽別人的故事與想法，都是一種很好的交流方式。交流的重點是一來一往的，一個丟球，一個接球。你越是能夠保持對他人與世界的好奇心，你就越能專注傾聽他人，進而感受到對方的情緒，並練習從他人的角度去理解對方，再進一步思考問題。這些都能促使你日後在書寫上能夠有更加細緻與貼近人心的表達。（但這裡不得不承認，傾聽者的角色有時候比傾訴者的角色辛苦得多，所以如果對方停不下來，聽的人真的也會很累；而如果只有一個人在說話，另一個人都沒有回應，交流也會難以持續，所以大家不管作為哪一種角色都要記得掌握平衡。兩個人交流，不要只有一個人的聲音。）

我記得以前在做戲劇表演練習的時候，我們有許多學著探索與打開自己的內心和自我分享的練習，也有許多關於交流和信任感的建立練習等等。伴隨著這些深度的溝通與練習，在上海學習

電影表演的短短一年時間裡，我們班上的同學都很快地與彼此建立了非常深厚的情感。我們認識彼此，好像認識了好久好久。

在寫這本書的過程中，許多的想法與內容，也都是我與朋友們聊著聊著，突然有了一些感觸與新的靈感。對我來說，不管是與家人或是與朋友之間的交流，總是能讓我從中獲得一些能量。雖然我也會有不想或是懶得出去社交的時候，但幾乎每一次社交活動結束，我都感到很開心與滿足。可能就像是 MBTI，十六型人格測驗（Myers-Briggs Type Indicator）[5]中，我測出來的結果那樣，我正好是一個喜歡與人連結，並且會從與人交流中獲得能量的類型。通過與不同人的思想交流與碰撞，總是能帶給我一些新的啟發與思考模式。

大家也可以利用這樣的測驗方式，去看看哪一種是最適合自己的「充電」方法。也許是與自己獨處時你才能充電，那也許閱讀更加適合你。但我希望強調的一點是，人格的特性其實也不是一輩子都不會改變的，就像有些人，隔了一段時間重新做測驗，結果與之前有相當大的不同。儘管我的測驗結果顯示我很外向、喜歡與人交流，但我也曾有好一段時間想把自己封閉起來，對於社交感到壓力與排斥。聽起來這樣子好像是生病了，但其實產生這

---

5　「MBTI」又稱為「十六型人格測驗」（Myers-Briggs Type Indicator），是一種性格分類模式，由美國作家 Katharine Cook Briggs 與女兒 Isabel Briggs Myers 因為對心理學的愛好，以心理學家榮格在 1921 年的《心理類型》為基礎研究後提出。

些改變的原因可能有很多，也不一定全是不好的，也許你只是需要一段時間休息一下，好好陪伴自己、整理自己的思緒也說不定。重點在於傾聽自己內在的需求，有時候過於忙碌和關注外來的要求，會讓我們忽略掉自己內心的聲音。

我以前也曾經認為，寫書可能更適合 I 型的人（內向型，Introvert），因為我以為外向的人喜歡用說的，所以把表達方式付諸文字就更適合 I 型的人。但事實證明並不一定如此，有許多知名作家也是 E 型人（外向型，Extravert），而我同樣作為 E 型人，也非常喜歡與享受寫書。

我也曾經遇到 I 型的人在餐桌上話講個不停，我作為 E 型人則一句話也插不上（那次飯局後，那位 I 型人在家自我充電了三天）。

說的這些，其實是希望大家能理解，人格測驗是為了讓我們有一個管道更了解自己，但不是一種絕對值，來認定我們應該有什麼行為與表現。我們都應該小心，不要讓這些結果成了我們的發展限制。

即使你認為你自己是一個相對內向的人，也不代表與人交流就不能成為你思想的能量來源。雖然因為每一個人的性格不同，所以社交可能會對某些人來說較於吃力或排斥。但儘管次數不頻繁，我也建議大家可以嘗試著找一些盡可能讓自己感覺放鬆、舒服的社交場合去慢慢練習。走出去，聽聽看別人的聲音與想法，並試著和別人交流、表達自己的觀點，也許會有新的發現，或結識到

志同道合的朋友，而開啟新的契機。

　　嘗試多與不同的人交流可能幫助我們用不同的角度，去看待世界的各個面向。所以多去與不同的人聊聊吧！他們也許會成為你自傳裡的重要角色，或為你接下來的自傳帶來啟發，甚至開啟新的片章。

## 嘗試新的事物

　　我們每天上班、下班、吃飯、洗澡、睡覺……有多少例行公事已經讓我們忙得昏頭轉向，連家裡壞掉的燈都還沒找到時間修呢！哪裡還有心思去嘗試新的事物？

　　但就像愛因斯坦（Albert Einstein）說的：「什麼叫瘋子？就是重複做同樣的事情還期待會出現不同的結果。」

　　如果你對生活感到無力或不滿，那就是時候你該嘗試做點什麼改變了；如果你書寫的過程中卡住了，那就先去做點別的事，轉移一下注意力吧！如果你在寫自傳的過程中發現自己現在的生活索然乏味，那就動身去為你接下來的生活加點趣味或新的挑戰吧！

　　嘗試新的事物可以有很多種方式！大或小並不重要，微小的行動有時也可能帶來巨大的收穫。例如嘗試每天晚上睡前播放令你放鬆的音樂，並且利用這幾首歌的時間來寫下今日份的日記或要事；嘗試去培養一個新的興趣，可能是樂器或是運動；嘗試每週找一個新的地方去散步或吃飯……嘗試新的東西，就是在給大腦

新的刺激。已經有許多研究說明，更多地去嘗試新的體驗與經歷、接觸不同的人，或到不同的地方旅行，可以激發人們的原創思維，使人更有創造力。

就像上面「交流與分享」裡提到的慶功、鼓勵與儀式感，也都不一定是要花大錢才能達成的。相反地，在現有的能力範圍內，去營造一種「今天來點不一樣的！」就是一種很好的方式。你可以為自己和家人煮一桌好菜、去買一直想吃的甜點、早點下班去看一場電影……給生活營造儀式感和嘗試新的事物的重點都在於，擺脫日常例行公事，給大腦新的刺激，享受和觀察每個當下。

如果你想嘗試養成一種新的習慣，那大家也可以參考《原子習慣：細微改變帶來巨大成就的實證法則》中，作者針對養成新的習慣給讀者的一些建議，其中一個叫做「習慣堆疊」：把想要的新習慣和每天已經在做的事情關聯在一起，形成一條行為堆疊。確立出在什麼時間、什麼地點，我要去做這件事。「當什麼情境發生時，我就會執行這個行動」。

透過這樣利用在舊有的習慣後緊接著新的習慣，來幫助新習慣的養成。而如果大家覺得找不到時間來給生活帶入新的嘗試與挑戰，也可以嘗試在舊有的習慣上做一些新的改變，例如每天早上洗漱時，對著鏡子為今天的自己信心喊話或大力稱讚；在每日通勤的途中，從聽音樂換成聽廣播節目；把每晚下班後的休閒活動從看電視變成看書，甚至只是把刷牙時的慣用手換到另一隻手……

　　新的、有機的刺激總是能帶給腦袋活躍起來的機會，所以不妨在生活中嘗試一些新的事物吧！不管是從什麼樣的小改變開始，至少從你的潛意識中，你已經開始告訴自己，我是一個勇於做出改變、嘗試新事物的人了！誰知道呢？也許你的自傳，會因為某個微小的新行動而有了很大的轉機出現，到時候，你自傳就又有了一段新的故事要分享了！

Chapter 5

開始你的白傳

## 序言：寫下你撰寫這本自傳的意義與目的

完成了架構與目錄，也進行了一些書寫的暖身練習，我相信你已經準備好開始動筆了！

前言的部分通常是作者最後再回去撰寫的，所以這裡我們留到最後再來完成。

但我希望這裡大家可以先寫一個「序言」，用來說明你寫這本書的宗旨、動機和經過，更重要的是，重申你的目的，加強你對完成自傳的決心。

我知道，買下這本書，代表著你已經有意願去開始動筆寫下你的人生故事。然而，寫自傳，可以有很多種目的，我希望先陪你，一起釐清你寫這本自傳的目的，因為這能幫助你建立你的主題性和撰寫的角度。讓你在後面的創作中，能夠針對你的主題延伸發展，減少迷失的機會，並且時時提醒自己，當初提起筆的初衷。

在第一章裡已經舉了一些例子，說明了一些寫自傳的好處，有沒有哪一些也剛好是你想寫自傳的動機？也許你已經發現了一些類似的動機，但是，我希望你用文字，更加具體化地去描述出來。用你的語言與方式去寫、去告訴我們在你心裡的答案。如同第一章說的，文字促使你必須思考、必須具體，這也是為什麼它能幫助你的腦袋更加活躍，並且用不同的角度去重新看待事物。

你可以用任何角度開始這本書。也許是希望把自己的故事記

錄下來，留給下一代；可能是希望透過書寫，來重新回顧和認識自己的成長；可能是想把這本書送給一個重要的人，因為你想讓他知道，他如何在你的生命中佔據重要的位置。也可能，你根本沒有想要寫給誰或有任何特定的目標，你只是希望透過書寫來記錄自己的故事，當作一種自我療癒的方式，來一趟你生命的二次旅行，如同心靈寫作的概念，透過書寫來與自己的潛意識對話，那也很有意義！

當然，也有可能是因為你的人生故事很精彩，所以你的家人朋友決定把這本書送給你，讓你去記錄下來，在他們眼中，這是值得被記錄下的生命故事。但不管是你自己買下，或是收到這本書，在你看完了這一個章節，我希望你停下來，思考一下，你開始寫這本自傳的最深層的原因到底是什麼？

不管是出於哪一種理由，這本書，你可以是寫給自己、可以是寫給他人，也可以只是一種紀錄。

例如，你這本書如果是要寫給你的女兒的。你可以在這裡詳細地闡述，你是如何有了這個念頭？你希望這本自傳能帶給她什麼？你也可以用一封給你女兒的信來開始。

你可以依照你的內容，給自己的序言加上一個小標題。就像是你後面的每一個章節，你都可以有一個小標題一樣。例如，給女兒的一封信。如果想不到也沒關係，寫上序言即可。記得，寫這本書時，不要給自己壓力。

雖然我前面說了很多寫自傳的好處，但最重要，也最能支持你

完成這本自傳的，還是源自於你內心的那股力量，所以我需要你自己先去釐清，那股力量是什麼。

　　你的理由不需要多美，不需要有多偉大的目標或志向，不需要別人也認同，更不需要長篇大論。你需要的，只是寫下來，並且在你寫完之後，大聲地唸出來，告訴自己，「是的！我現在要這麼做，我要開始寫我自己的自傳了！因為……這就是我這麼做的意義。所以，我要為了我自己（或某個人）堅持下去。我知道我能夠做到，因為我想做。」

　　現在，就算是正式開始你的自傳撰寫了！本書在後面的幾個部分，留有讓你撰寫的一些空間，但你完全可以自己決定，你要在這本書裡留給你的空間內書寫，或是在你準備的筆記本中。你也可以考慮我推薦的方式，就是先在這本書裡的空白頁書寫，在你決定這個部分要收入進你的自傳時，再書寫進去，這樣能夠幫助你在第一遍書寫後有重新閱讀跟思考的空間。這個動作你可以留到一邊讀本書，一邊書寫結束之後再來做。在你一邊閱讀這本書，一邊完成你那幾個部分的自傳之後，再回頭來重新閱讀，你一定會有不一樣的感覺，會有想要改動的地方。就像是我在寫這本書的時候，我每一段寫完都會再重新讀好幾次，幾乎每一次都會有感覺可以再修改一點的地方。但等到那時候，你再把那些你寫在這本書裡的文字，重新整理到你的自傳本上，相信內容會是更有架構與邏輯的狀態。

接下來，放下這本書，先去完成你的序言吧！

寫完了你的序言後，我們就可以繼續看下去了。

「是的！我現在要這麼做，我要開始寫我自己的自傳了！因為……這就是我這麼做的意義。所以，我要為了我自己（或某個人）堅持下去。我知道我能夠做到，因為我想做。」

## 自傳的第一個篇章：我

不知道你完成了序言之後有什麼樣的感覺？有沒有覺得自己好像真的開始能寫點什麼了？或是你覺得剛剛拿起筆還很不適應？

不管你有什麼樣的感覺，你非常了不起，你已經完成了最困難的部分，那就是「開始」。就像是去健身房運動，最困難的不是運動的當下，是換上運動衣去到健身房的過程。等你走進了健身房，一切就開始順理成章地發展下去了。你做了第一組運動，覺得下一組也還可以完成，再下一組其實也沒你想像中困難，結果最後你大汗淋漓，感覺只有：「爽！我做到了！」

寫完了一個部分，接下來我相信你也會越寫越上手。

我們現在開始了在你自傳的第一個章節，這裡請你先寫上一段自我介紹。畢竟這是你的自傳，從一個最基本的角度切入，我們當然要先大致地認識一下「你」。

如果這本自傳，你是寫給某個人的，你可以像是在跟那個人第一次見面的時候做自我介紹一樣，來介紹一下你自己。舉例來說，如果你是寫給你的女兒的，你記得你第一次見到你的女兒的那個時候嗎？她可能都還沒張開眼睛。你把她抱在懷裡，你打算怎麼開始跟她介紹你自己？你打算怎麼開始你們之間的第一段對話？

如果你是寫給自己的，或甚至是沒有特定的對象，你可以寫一下你是怎麼看待自己、怎麼描述自己的。抑或是，你可以跟過去或

未來的你，介紹一下現在的自己。

---

**範例：**

哈囉，劉雅婷！對喔！我還叫劉雅婷！雖然這是一個菜市場名，小時候也想過無數次改名字。但我沒有改，未來應該也不會，因為這是我爸爸給我的名字。活到現在，我已經越來越喜歡這個名字了！我感覺它給我帶來好運氣。

不知道我是寫給哪一個階段的妳，喔不！應該說是「我」。但現在的我，今年三十歲，這是一個很神奇的數字，二邁入三的感覺，比一邁入二還要強烈了許多，但並不是不好的，相反，我很期待在這一年我的人生會帶來怎麼樣新的轉變與機會。我去年剛剛結婚，生活很幸福，感覺生活中多了一些責任感與歸屬感，也知道我的生活正式跟著新的身分，邁入了一個新的階段，一個更好的階段。目前正專心寫書，定居在英國倫敦，這個被我和老公用心營造的溫馨小窩。我很喜歡這裡，就像此刻，陽光正從落地窗照射進來，打在我的全身。這個房子的採光是我最喜歡的一個部分。畢竟英國有陽光的日子已經不算多了，我需要好好享受每一天的太陽。我覺得房子也需要。

如果這個階段，在看這本書的妳，是十年後的我，我真希望聽到妳跟我分享分享妳現在的生活。妳在哪裡呢？還在英國嗎？還是去了其他的城市？我希望妳滿意這個階段的我，希望你滿

意我現在的努力與表現、希望妳喜歡我現在寫的東西、希望你比我更好⋯⋯

這本書是我獻給妳，未來十年、二十年、五十年後的禮物。這是從妳三十歲開始撰寫的，我可能比在讀這本自傳的妳更記得一些妳過往的小故事，我怕妳忘了，所以寫下來。我希望妳一直記得，妳身邊一直充滿著愛。在妳未來感到垂頭喪氣之時，讀一讀。妳會發現，許多低潮，現在都已過去。那些不足以影響妳繼續快樂、繼續成長。我愛妳，妳也要繼續愛自己。

　　盡量多用事件、形容詞或感受去形容和描述一下自己，不要只是單純寫下「我在台灣出生」、「我是老師」、「我是天秤座」⋯⋯

　　如果不知道怎麼寫，你也可以試著從你的基本訊息去延伸一下，像是「我是天秤座」，那「天秤座」對你來說有什麼意義或影響？

　　不知道你有沒有曾經注意到過，許多的小說或自傳裡面，當提到一位新的人物出現時，作者通常會先對這個人物做一些描寫，讓這個人物能在讀者的腦中出現一些形象與畫面。可能是透過形容這個人的外表、穿著、習慣動作或是說話的方式等等。像這樣子利用能夠幫助讀者產生具象化圖像的文字描述，確實能夠幫助書裡面的人物活起來，並且被記住。對於小說而言，這樣為一個角色

具象化的能力自然十分重要，而對於自傳來說，這個技能同樣重要。我這裡舉我前面提到的自傳，《跑出全世界的人：NIKE 創辦人菲爾·奈特夢想路上的勇氣與初心》（SHOE DOG: A Memoir by the Creator of NIKE）為例，菲爾·奈特不僅十分擅長利用一些動作和比喻來讓人物在書裡顯得生動鮮活，也很懂得使用補充說明讓讀者能更加清晰地跟上他的描述與分享。例如書中他寫到他第一次見到湯姆·皇的場景。

「所以我再次回到那裡，與從日本外派過來運營新的一般產品部的湯姆·皇見面。皇畢業於東京大學，東京大學相當於日本的哈佛大學。他長得特別像日本著名電影演員三船敏郎，三船敏郎曾因扮演宮本武藏而被廣為人知。宮本武藏是歷史上著名的武士，著有不朽的劍法和兵法著作《五輪書》。皇在吸菸的時候最像三船敏郎。他特別喜歡吸菸，尤其是在喝酒的時候會比平常多吸一倍。不過，與海斯喝酒是因為喜歡暢飲的感覺不同，他喝酒是因為在美國很孤獨。幾乎每晚工作結束後，他都會前往藍色之屋，那是一家日本酒吧餐廳，他用母語與老闆娘對話，不過這麼做只會讓他更加孤獨。」

跟著菲爾·奈特的描寫，首先簡單交代一下這個人物的背景——從日本外派過來運營產品部的日本人、畢業於東京大學。再通過外表的形容讓大家產生畫面感——長得特別像日本著名電影演員三船敏郎，尤其是吸菸的時候。透過提到這個人物的習慣——吸菸，再連結到他的喜好——工作結束去藍色之屋喝酒，

最後說到人物的內心感受。這樣一位與作者第一次見面的角色是不是就顯得十分有生命力了？至少對於我來說，我已經看到了湯姆‧皇在酒吧裡，獨自喝著酒，叼著根煙的孤獨背影了。

有時候單單只靠文字來形容一個人的內心感受，可能會因為沒有畫面感而顯得空洞無力。所以靠著一些行為與畫面來輔助說明就會更有感染力。

此外，菲爾‧奈特擅長使用補充說明的部分，在這一段文字裡也可以看到，例如，提到東京大學時，作者還緊接著用一個例子讓可能對東京大學不熟悉的讀者能夠立刻對這個學校產生共鳴，那就是「東京大學相當於日本的哈佛大學」，透過這個簡單的舉例，讀者就能對東京大學在日本的地位有了一定的了解。他後面也用了許多次這樣的方法，例如他一說完三船敏郎，後面就接著說明三船敏郎的著名作品；說完三船敏郎扮演的著名角色——宮本武藏，後面又緊接著介紹宮本武藏。

我希望這裡提到的這個書寫方式，大家也可以運用到後面第六章——每一個章節的內容裡，並且利用這樣的書寫方式來介紹你生命中重要的人事物，幫助讀者更加容易進入你的故事、對你生命中的人事物產生畫面感。你可能也會很快發現，自己能寫的東西其實真的很多。

我們常常只是用一個標籤或很制式化的模式來介紹自己，但其實基於你平常用來定義自己的基本訊息和標籤來問自己一些更加深入的問題，也可以幫助你去思考一下，你實際上對自己的了

解有多少，或是我們被這些標籤在多大程度上侷限了自己。

　　如同前的關鍵詞書寫練習一樣，把一個詞延伸、再延伸，盡可能地用更加個性化且貼切的方式把一個單純的關鍵詞或標籤，變成屬於「你」的描述方式。可能一個名詞到一個形容詞，又從這個形容詞描述到你的性格，又從你的性格牽扯到你處理某件事的方式……

---

**範例：**

我在台灣出生，更清楚的米說是在台灣的高雄，高雄的左營出生。對我來說那個地方就是我生活最久的地方，是我的家鄉。家鄉中包含了「家」這個字，對我來說也是很準確的。那裡，確實對我來說就是我的家。那裡充滿了我童年的回憶與記憶，即使我現在人在倫敦生活，在這裡有了自己溫暖的家庭，但那裡依然會一直是我心中的一個家。也許有一天，我會回到那裡養老，回到我的根，誰知道呢？

回想起來的話，現在的左營和我小時候已經完全不一樣了。我記得我國小的時候放學，我還會為了抄近路，走農田回家。有一次天很黑，我正要繞進農田前面的小路的時候，看到了一個人站在那裡抽菸，手裡拿著一根長長的棍子。因為有一段距離，我也看不太清楚，但我年紀太小了，應該還不到十歲，我直覺只感到害怕，所以決定繞遠路回家。現在想一想，其實那

應該不是什麼壞人啦！但也讓我意識到，我對於周圍環境的警惕心倒是蠻重的這一點，原來小時候就開始了。我還以為我是到海外生活之後才開始小心慎防的呢！

現在那些農田都已經不見了，變成了一棟又一棟的高樓大廈。有時候我其實蠻懷念那幅場景的，一片片的農田，現在在城市裡，哪裡還看得到呢？

　　每一個自我描述的訊息都可能讓你聯想到一些新的事件或記憶，那你就寫下來。每一件發生的小事情都會讓我們對你這個人有更加具象化的認識。不用擔心這樣太過於冗長或雜亂無章，本書就是要用來認識你與書寫你的，任何你生命中能讓我們更加認識你的小故事都值得被放到自傳中。

除了你可能在自我介紹裡提到的一些基本訊息，我還希望你能在這裡說一下「小時候的你」和「現在的你」。

## 小時候的你

你可以從，「我小時候是一個……的小孩」開始。

然後慢慢延伸一些事件來說明，為什麼你會這樣形容小時候的你。

如果你一時之間記不起自己的童年，沒關係，你可以找個安靜的地方，放鬆心情，慢慢回想，或是透過一些照片來幫助你。可以從一些你有印象的童年記憶開始回憶，從一件事情開始慢慢聯想往往會比較容易一些。

如果只能記起一些零碎的片段，你就如實寫下來也沒關係。

例如，「現在問我，我對小時候的記憶，幾乎可以說是『零』。我只依稀記得我母親的樣子，我可以確定那是來自我小時候的畫面。我的母親那時候還很年輕，她對著我笑，那個笑容充滿溫柔，真的美極了。不只是她，是那整個畫面。模糊，但感覺卻很美好。」

如果你是利用一些照片來幫助你去憶起，你可以把那些對你而言具有價值的照片收錄到你的自傳當中，在每一張照片的下面寫上你對這個照片的記憶內容。這些照片將為你的自傳增添一些圖像與畫面，也會使其更加生動與別具意義。而那些你寫下的、每

一張附加的文字敘述，也必定會在你的筆下重新在那個時空裡活起來。

你是一個怎麼樣的人？有什麼事件正好呈現了你是這樣的性格？想一想，並寫下來。

你也可以用一些問題來輔助自己，例如，你會怎麼形容你小時候的性格、外表？你印象最深刻的事情是什麼？你是怎麼過生日的？最印象深刻的一次生日發生了什麼？身邊的人是如何形容你的？你有哪些綽號？最喜歡吃的東西是什麼？有沒有挑食不吃的東西？最親密的人是誰？最害怕的東西是什麼？有什麼印象深刻的事件？

雖然你並不一定要依照上面的問題去回答、去寫出你對小時候的你的自我介紹。但我希望以上的問題能夠幫助你去發想，寫下任何你覺得屬於小時候的你的背景故事。

**範例：**

我小時候是一個特別古靈精怪的孩子，我很愛講話、和別人聊天、喜歡表演。雖然我看起來想到什麼就說什麼，相當直率，有點不經大腦，但我心思相當細膩。

我以前曾經有一段時間去學鋼琴，但我每次去，都一直找老師聊天，根本無心好好學琴，這讓老師很無奈，還跟我媽媽說，我真的很愛聊天。這件事我媽媽常常提起，我自己也頗有印象。我記得自己很愛問東問西，連去上廁所都在觀察裡面的擺設，然後出來之後問老師為什麼這樣擺？總之，難怪老師覺得很無奈。

至於我為什麼會主動說要學鋼琴？我猜是因為我想「表演」彈琴吧！我小時候就對舞台頗著迷，不管是什麼東西，只要能登台我都有興趣試試看。記得小時候我和姊姊還會在聖誕節的時候在家裡辦一場「聖誕晚會」，大家都要準備一個才藝表演。我什麼都不會，就表演「肚皮舞」。當然也不是什麼正經的肚皮舞，就是在肚子上畫個臉，然後亂跳。但全家都很喜歡這個最鬧的表演，所以我算是玩得相當盡興。

至於心思細膩的部分，我從小就特別擔心身邊的人感到無聊或被冷落。我小時候沒有自己的房間，所以我通常是跟我姊姊一起睡，或是跟我奶奶一起睡。記得有一次，姊姊不想自己一個

人睡覺，叫我要跟她一起睡，但我又覺得我奶奶自己睡覺很可憐，我就跑去跟奶奶說，叫她不要擔心，我很快回來陪她。這個故事是我奶奶九十三歲，而我三十歲的那一年，奶奶突然跟我回憶起來的事，說真的我還真不記得了。沒想到奶奶還一直記在心上，講到時臉上都還充滿甜蜜的笑容。

不過我的心思細膩有時候根本是我想太多，例如我小時候常常拿著我的著色本跑去找奶奶，問她哪一格要塗什麼顏色，然後我再塗上去。這並不是因為我喜歡這樣的方式，事實上我更想要自己決定要塗什麼顏色。只是我總覺得奶奶一個人會很無聊，我希望我能邀請她參與進來這個「我覺得很有趣」的活動，現在回想起來，我奶奶可能根本只想看電視。

除此之外，我小時候都把魚頭留給我奶奶吃，因為我記得我奶奶最愛吃魚頭。結果某一天小學放學回家的路上，不知道為什麼聊到這件事，我爸就對我說：「奶奶哪喜歡吃魚頭啊！她是因為知道妳喜歡吃魚，所以為了把魚肉都留給妳吃，自己就每次都吃魚頭。」我當時頓時安靜，心裡想：「我的天呀！這是什麼晴天霹靂的新消息？」那對我那時小小的心靈是個打擊。我感覺因為我愛吃魚，所以委屈了我奶奶好多年。

簡而言之，我未經世面的貼心＝我的自以為心思細膩＝我是一個想太多的人。

　　是的，我又要請你放下書了。

　　一個階段一個階段來完成，我總覺得會是比較容易的。這樣你就不需要一直翻回到前面來看，這一段我可以怎麼寫？

　　如果你想一次把這本書看完再來動筆，那也是一個方式，我只希望這本書真的能幫助你動手完成自己的自傳，以你最舒服的方式。

小時候的你

## 現在的你

　　說完了小時候的你，現在的你，這個決定開始動筆寫下自傳的你，又是一個怎麼樣的人？你是如何看待自己的？你如何形容或描述你自己？你覺得身邊的人又是如何看待你的？現在的你是否符合小時候的你的期待或想像？你愛現在的自己嗎？你最喜歡自己身上的哪些特點？你現在身邊有哪些對你而言重要的人事物？小時候的你對現在的你的思想模式、行為習慣和價值觀上有沒有什麼影響？

　　你也許從前面，對小時候的自己的描寫中，看到了現在的自己的形成與影子，發現與理解到原來是因為過去的一些事件，導致了現在你的成為現在的樣子。而除了可以從小時候的自己帶到現在的自己，你也可以試著回答下面的問題，來幫助你對現在的自己與其生活狀態做一些介紹與描寫。

　　你現在的生活狀態如何？你滿意嗎？如果滿意，你為什麼滿意？是因為什麼人事物？如果不滿意，是哪一個部分導致的？這其中包含的各個層面你都可以提及，像是工作、生活環境、感情狀況、學習狀態等等……越是豐富與詳細越好。即使你後面還會提到，也無所謂，畢竟沒有審稿人員會來對你文章的重複性提出糾正。想到什麼就寫下來吧，你還是可以隨時再修改的。

　　一樣，你不需要根據上面的問題一一回答，這些都是引導。你可以用你自己的方式去書寫與創作。像是你也可以寫一寫你活到

現在的人生體悟，那些小時候的你不懂的、無法體會的。不管你寫什麼，最重要的是，從這段內容裡讓人看到，你是誰？而你打算如何讓別人在這本自傳中看見你？都是你自己「寫」了算。

---

**範例：**

小時候的我和現在的我感覺上相當不一樣了，有時候我還真想念小時候的自己。就拿肚皮舞表演來說吧，現在想起來覺得相當好笑，根本沒臉再做一樣的事，但我反而欽佩起小時候的自己，不管台下笑得多大聲，對我來說都是一種正面的回饋。我喜歡這樣的自己，不在乎別人的批判，只要我玩得開心，從中得到樂趣即可。現在太常去擔心別人的想法，反而讓我越來越不喜歡說話了。我也曾經一度感覺回到了小時候的自己，就是在我在上海讀電影表演的時候，我發現我那個小時候的自己會在我感覺完全安全、不會怕被批判的狀態下跑出來。很鬧、很有趣、很放鬆的我，但一旦回到社會上，與其他人交流，我又立刻開始回到那個很容易自我批判的自己。

這又要說到我心思細膩的部分了吧！我現在的心思細膩應該有高級一點⋯⋯了吧！不過我的心思細膩，也是我的想太多，所以對於別人的批評和眼光，我特別容易往心裡去。也導致時間一久，就開始因為害怕「說錯話」，所以乾脆少說話。這完全是為了避免，我常常會回想，「天呀！我今天說的那是什麼鬼

話？」然後懊悔不已的情況。

現在的我，我會說，比起一位愛說話的人，我更是一位好的傾聽者。我的朋友們給我的反饋也是如此。我確實蠻喜歡聽別人說他們的故事，然後透過給他們一些回應，跟他們一起整理自己的思緒。這是我這幾年新發現的一個特點，也是話少了之後收穫的好處之一。也許如果我沒有從愛說話到安靜，我這個優點就不會被發掘出來，但我還是喜歡以前那個嘰嘰喳喳的自己，有些時候。

目前在英國的生活也即將邁入第四年，我還真沒想過會就這樣在這裡定居下來了。雖然在異鄉難免會有許多的不適應與思鄉之情，但這一段奇幻之旅依然是我生命中最開心的時光。我人生中第一次遇到一個人，你一跟他在一起就有一種很確定的感覺，知道，對啦！這就是對的人呀！每次朋友問起這是一種怎麼樣的感覺？我真的覺得難以回答，因為我在這之前也會想問這個問題，當聽到別人的回答時我只是覺得：「喔好。所以那是什麼感覺？還是不太懂。」只能說，你會遇到的，遇到就知道了！

除了覺得我很幸運有另一半在身邊，搬來英國生活，也還好我姊姊也在這裡。從小一起擠在一個房間裡，天天吵吵鬧鬧，到現在我們都有自己的生活空間和生活模式，使得每一次的相處變得融洽且珍貴。她是我當初選擇來英國的重要因素，我希望

我們會一直在彼此身旁。如果可以一直在彼此身邊是多珍貴的一件事啊！長得越大，越發現自己的成長，竟是伴隨著身邊親近長輩們的衰老。像是我的奶奶今年將邁入高齡九十四，每一次回台南見她，她的老化速度都令我心裡痛痛的。我也才意識到身邊的人，不管是爺爺奶奶、爸爸媽媽都無法一直陪伴在我們身邊，所以我們一定要懂得珍惜與他們在一起的時光。

以上就是我，現在三十歲的一個人生體悟。滿意嗎？滿意，但又不全然滿意，因為我知道人生還有很多挑戰。再老一點我就知道了。

　　在撰寫這本書的過程中，任何從你腦袋中閃過的想法或記憶，你都可以立刻記錄下來。有任何錯別字都無所謂，之後你再來修改，或考慮這段內容你是否想要放到你的自傳中。重要的是，釋放性地書寫。你會發現自己原來有這麼多東西可以寫，也可能從中得到抒發。

現在的你

Chapter **6**

# 每一個章節的內容

不管是讀者還是你自己，都已經透過前面的文字對「你」有了一個基本的認識。接下來，你就能帶領讀者進入你的世界了。

這個章節是引導你，在以你的生命曲線圖作為結構與區分的每個人生階段，進行基本內容的撰寫。我們會透過一些基本問題來作為引導架構，讓你來對你的每一個階段做闡述。這個架構在現在「這一個章節」裡面交給你，但你要把它運用到你接下來生命曲線圖裡區分出來的「每一個章節」當中。

也因為無法預判你的自傳根據你的生命曲線圖有多少的章節，所以這裡無法為你自傳中的每一個章節，都留出空白的空間書寫，需要你利用你的筆記本來撰寫你第一個章節之後的內容。

在這個章節裡，我依然會在每一個段落留有空間讓你書寫。這部分是針對你的自傳中的第一個章節，也就是你劃分出來的第一個人生階段，空出來讓你書寫的，是為了讓你熟悉與練習接下來你每一個章節的內容撰寫方式。第一次練習的內容，在你之後要收錄到自傳中時再回來閱讀，想必會有一些你覺得可以寫得更詳細，或可以稍做修改的地方。所以你之後可以再回來進行整理，將內容修整後再收錄到你的筆記本，也就是你的自傳中。

## 生命曲線圖裡的重大事件

現在你可以開始寫你生命曲線圖的第一部分了。你可以從你生命曲線圖裡的第一個點，也就是你畫的第一個人生重大事件開

始。當然，你也可以從你出生後，最有印象的記憶裡開始說起，一直慢慢連貫到你生命曲線圖裡，第一個階段裡的所有重大事件。像我前面說的，沒有強制的規定，這是你的書，你可以選擇從任何地方開始說起你的故事。

　　也許，你認為你的人生一直是到成年後才開始，所以你的生命曲線圖也是到你成年後才開始，那也沒有關係，但我希望的是，你能盡可能地記下你所有有印象的小故事，也許是你小時候被老鼠嚇到的經歷，或是你們家養過的一隻小狗等等。我們無法對所有細節進行考究其精確性和真實度，不管你是否確定這件事情在你的生命中發生過，只要是存在在你的記憶中，那就可以是你自傳中的一部分。

　　例如，我的第一個有印象的重大事件是「考進樂團」，我可以從我怎麼會想考學校的樂團開始說起。再說說我在這個過程中我遇到了什麼困難和我如何克服，以及最後考進去的感受是什麼……然後再從這個事件連貫到下一個事件，一直到你完成了你劃分的第一個段落結束。

**範例：**

## 第一章節的第一個重大事件──考進樂團

回想起剛進小學的時候，我的記憶是入學第一天是我奶奶帶我去學校的。她在窗邊看我，至今那個畫面還印在我腦中。剛剛開始的每一天上學，我都有點怕怕的，也不知道是真的怕自己記不清楚教室怎麼走，還是我只是膽小、不適應，抑或是，我只是喜歡有姊姊陪我。我每天都要姊姊帶我走到教室再離開。姊姊那時候跟我讀同一所學校，但她那時候可已經是頂著在我眼中厲害的「三年級」頭銜的大學姊了！我以前總覺得要努力跟上姊姊，也變成「三年級」，誰知道我終於「三年級」了，而她已經變成了「六年級」！我大概是在五年級的時候才意識到這是個無謂的追趕……因為她曾經答應我，等我五年級之後她就會承認我已經長大了，不會一直叫我做小朋友的活，或把我當作什麼都不懂。誰知道她後來壓根不記得這個承諾。

當時我們的小學有一個打擊樂團，姊姊就在樂團裡面，但要加入樂團必須要等到小學三年級，才可以參加進入打擊樂團的考試，考試通過後才得以加入。姊姊的跟屁蟲如我，早在等著這一天！姊姊教了我一些拿鼓棒跟基本的打擊動作和節奏，但我還是很緊張，因為依照我當時的理解就是「姊姊在做的事情通常都很難」。誰知道後來我還真的考進去了！我超級開心！我迫不急待想趕快跟著樂團去演出，但我當時忘了，原來演出前

還要經過長時間的練習呢……

### 第一章節的第二個重大事件──第一次上台演出

對於考進樂團後的第一個大型演出我還很有印象，那天早上天還沒全亮我就醒了，比要出去玩還要興奮！看著後台人們忙進忙出、架設燈光、舞台布置……作為演出人員，我們坐在梳妝台化妝、綁頭髮、調整衣服……我感覺我屬於那樣的環境，並且很享受那樣的氛圍。尤其是站在舞台的左右兩側準備上台的時刻，那個感覺十分魔幻。一直到我後來每一次的舞台劇或舞蹈演出，我都可以感覺到同樣的感覺。彷彿那是一扇門，而我要準備好走入另外一個世界，用另外一個身分。

### 第一章節的第三個重大事件──在樂團感到壓力

小時候我真的自由的跟隻小鳥一樣，沒人督促我寫作業，當然也沒人會逼我練鼓，好處是可以鍛鍊我的自發性，只可惜那個東西我小時候很缺乏（但我都有寫作業喔！）。我還記得小學三年級的某一天，我坐在哥哥的車上，哥哥說：「現在應該慢慢開始有學業的壓力了吧！要加油喔！」我心裡想：「學業是還好，但我壓力真的好大，因為下禮拜樂團要排練了。」然後我就煩惱到晚上都吃不下飯了。我當時還覺得很委屈，我覺得我才小學三年級，我為什麼要壓力這麼大。我記得有一次我被分配到了一份樂譜，因為難度比較高，所以每一次一到排練那首歌，我心裡就想：「我肯定要被罵了！」然後搞得自己壓力

好大，也表現得更差，所以總是不出所料，就是被罵！就在距離演出時間越來越近，我也意識到自己真的必須加緊練習的時候，我居然出了車禍！那次車禍讓我「躲」過了那首曲子的演出。我記得那時候我身體很痛，但心裡有點放鬆。真可怕。

**第一章節的第四個重大事件——第一次參加演講比賽，居然就得獎**

在樂團的日子雖然有壓力，但其實很多時候我依然十分享受，尤其是在有演出（大多時候的演出我都是喜歡的啦！），而且演出是在我們上課時間的時候。我記得每次當天有演出，我們這些參加樂團的學生就可以只上半天課，然後就搭遊覽車出發去演出場地，準備彩排跟演出，簡直開心得不行！基於這種喜歡用參加活動或比賽，當作正當理由「逃課」的心情，我開始對每個比賽充滿興趣。喔對！除了數學比賽跟巧固球[6]比賽，我不擅長什麼我還是知道的。不過我高中甚至參加過學校的科學展覽比賽，這點我很驕傲。我還被老師稱讚，只因為我提出了天馬行空的科學理論，誰知道還真的被老師肯定地說：「這個假設很好！很有可能！」世界真奇妙。好，扯遠了，我現在在講我的國小。

---

6  巧固球是一項球類運動，由瑞士生物學家赫爾曼・布蘭德（Hermann Brandt）在 20 世紀 70 年代發明，是一種沒有身體碰撞的運動，由於球撞到球網的聲音類似法文的「tchouk」，故被命名為 Tchoukball，中文音譯為「巧固球」。

總之，我意外發現了我們班上的幾個優秀學生，每次都被老師點名去參加學校的「演講比賽」，然後我們班的幾個優秀學生，就會在某天的上課時間不見，然後再風風光光的帶著一個蛋糕回來，說是參加演講比賽的禮物。我的天，能不用上課，還可以帶蛋糕回來教室，享受美味的蛋糕跟眾人羨慕的目光！先不管我會不會演講了，先報名再說！但由於我本身不夠優秀到被老師點名參加，所以我只好自己去找老師，說下一次請讓我也參加。我還記得老師吃驚的表情，也不知道她是吃驚怎麼會有學生主動想參加，還是吃驚主動想參加的人是我。但不管如何，我成功報名了下一次的演講比賽。就在演講比賽前幾週，就算是衝著逃課跟蛋糕報名的，我也不希望自己在台上出糗，於是我很努力地練習。我依然記得我在舞台上演講我背誦的文稿時，我居然一點也不感覺到緊張，我感覺站在舞台上，我就是充滿興奮。即使不是跟著一整個樂團，而是只有我一個人。事實上，我的感覺更好。就這樣，第一次參加演講比賽的我，居然就得了「優等獎」！拿了不只一個蛋糕回教室，還有一張獎狀。老師隔年主動問我要不要參加演講比賽。

　　「人生就是由一連串的選擇組成。」生命中每天都發生那麼多的事，我相信每一個會被你選擇出來，畫在生命曲線圖裡的點，都代表了一個重要的選擇和事件。你選擇去做一件事，所以為你的人生帶來一個重大的轉變。這不僅僅是在電影中會發生的事，人

生就是如此。有時候小小的選擇會帶來大大的改變。你可能今天難得出門逛個街，結果就被星探發掘，拍了電影大紅大紫。是什麼樣的選擇，引發了你生命曲線圖上的那個重大事件？把重大事件發生的前中後都盡可能細節地描繪出來，也分享是什麼讓你做出了那一系列的選擇，走到那一個點上。

如果你突然因為一個重大事件想到另一個小故事（像我突然從國小就愛參加活動，扯到高中跑去參加我根本沒想過自己能被選中的科學展覽比賽。而且要不是這樣在書寫中突然聯想起這個小故事，說真的，我根本忘了參加過科學展覽，更別說我如果不馬上寫下來，我會再度忘記），即使你沒有把它視為重大事件畫進生命曲線圖裡，你也可以把它寫進去。記住，沒有限制，生命曲線圖只是一個架構，但重要的還是你對你人生盡可能詳盡地描寫。你自傳的內容完全取決於你要寫進哪些東西。至於重不重要，也是你說了算。只要你寫了，就有其意義。

從你的第一個重大事件到你第一個段落中的所有重大事件結束，也就算是完成了你第一個章節的主要內容了。接下來的每一個章節，也都是利用你那一個段落裡的重大事件來作為基礎。

然而，在每一個章節裡，寫出你那個階段裡的重大事件，只是這個章節的主要基礎事件，我希望你透過這些重大事件來把你的那一個人生階段做更清楚的分享和整理。

下面，我會告訴你能怎麼做。

# 自傳第一個章節的人生重大事件

## 重大事件的延伸

從自我介紹到你人生的第一個重大事件再到你第一個章節的所有重大事件結束，你已經完成了你自傳第一個章節的絕大部分了。

以你剛剛撰寫的第一個章節的重大事件為範例，我會引導你接下來如何繼續開展和書寫。在接下來的每一個章節裡，運用同理你就能完整書寫出你的不同人生段落，並結合成一個完整的自傳了。

前面你已經依照順序，寫下了你第一個章節的每個重大事件，可能其中還有一些從你腦中回放的小事與回憶，也被你記錄其中，這就是你自傳裡這個段落的主要故事了，但這些只是章節的主軸。

敘述完了這些事件，請你依照你所寫的這些事件，對這個階段的你進行一些整理。

我相信在撰寫這個階段的時候，你也一定在回想中，突然憶起一些你很久沒有想起的人事物，還有當時的感受。現在的你可能也對這些人事物有了不太一樣的見解，或突然理解到現階段的自己會對某些事物有特定的感受原來是有跡可循的，也可能你過去覺得理所當然的想法，現在卻有了截然不同的觀點。

你可以總結一下，你正在撰寫的這個階段的人生體驗和重大事件，對你的人生有什麼樣的影響和重要性？你發現那些人事物

對後來的你產生了什麼樣的改變？可能是在價值觀上、對事物的恐懼上，或是性格上的轉變等等……甚至你可以描述一下，你是怎麼發現這些改變的？從後來發生的哪個事件上？對於這些改變你是滿意的？還是痛苦的？還是其他任何感覺？你喜歡你當初做的那個選擇嗎？它也許是你認為，你目前為止做過最正確、最勇敢或最愚蠢的決定？你覺得這件事是否會影響你未來做決策的方式？怎麼影響？

　　上面一個部分是你重大事件的描寫與交代，但我希望這裡的重大事件延伸，你可以多往你內心的感受上去靠近。記得，越是去揭露你內心的想法，越是會感覺有點不自在，我也是，但我希望你能夠換一個角度去想，你現在能夠把它寫出來，表示你有機會用一個更加健康的心態去看這些事情跟影響了。

　　你也許會去揭開到你過去的一些傷疤，所以我希望你在書寫的時候，盡量不要帶有責備，去客觀地訴說你當時的感受。這裡並不是要強迫你去把對過去的不滿放下，或逃避不提。你當時是什麼感受你就如實地寫下，但盡可能地忠於寫實的陳述，因為如果你在描寫的時候只帶著怪罪自己、怪罪他人、抱怨環境，或任何時不我與的角度，你只會把過去的那些傷痛跟對你現在的那些讓你感覺負面的影響都重新拾起，並且加諸到那些你想怪罪的人事物身上，而這樣只會放大那些痛苦與不滿，甚至對自己造成二次傷害。這裡不可能完美，你的角度不可能替所有人說出他們的想法與感覺，你只能用屬於你的陳述，所以我們不需要太鑽牛角尖，盡

力即可。

　　我希望上面列出來的那些問題能帶給你一些引導，讓你不致於毫無頭緒。用問自己這些問題，慢慢引導自己走進自己的內心。你可以在你撰寫每一個自傳段落的時候回來不同章節看看這些問題，也許能幫助你在書寫的時候有一些靈感，但同樣的，不需要一個個條列出來，像一問一答的形式來撰寫。依照你的方式，把你人生重大事件對你後來的影響和你現在的看法寫下來就行。

　　例如，我前面寫的人生重大事件是「考進樂團」，我針對我怎麼會發生這個重大事件做了一些背景故事的介紹來鋪陳和說明、描述了這個重大事件，再帶到下一個、下下一個重大事件……透過這些描寫，大家更加認識了我這個人的人格特質與過往，也為接下來的故事做了一些鋪墊。那我接下來就可以針對我上面的一些提問來作為引導，寫下一些這幾個事件帶給我的影響。

**範例：**

我感覺我的小學就是在努力地想跟上姊姊的腳步中成長。之後回頭看才發現，其實這種「想要跟姊姊一樣棒」的追隨感，其實一直都跟我的求學與成長過程糾結在一起。如果要追根結柢地問我，究竟是什麼原因讓我決定去考樂團，我也回答不上來，因為我喜歡藝術類的東西，這是一直以來都是這樣。但現在的我，對人與人之間的關係和家庭教育與成長等等相關的知識有了一些些的積累與認識之後，你要我說這一切的選擇與我姊姊沒有關係，我突然就覺得，我也無法這麼說，因為我不知道。如果問小時候的我，我肯定會說是因為我自己，我想加入樂團。至於事實是因為我喜歡樂器和表演，還是因為我並不想被認為我是姊姊的跟屁蟲，我不知道。誰不希望相信自己是追隨自己的自由意志做決定，尤其是從小就一直有一種姊姊比較優秀的感覺，我感覺自己追得很累。我就是個嚮往自由的靈魂……應該是吧。

我記得當時連我考上樂團，腦中浮現的就是考試前爸媽就愛說的一句：「姊姊在裡面，妳肯定會進去的！」讓我覺得好像我是因為姊姊才考進去的。我不知道，我希望是因為我自己。家人長期給我的那種，活在姊姊影子下的感覺有點討厭。那些想法和言語就算不是出於有意的，也多多少少會有一些影響，所以現在我能夠用更加客觀的角度去回想，並說，也許過去的一

些決定都不只是因為我自己。而是因為我希望爸媽覺得我能做得跟姊姊一樣好，但我接受這些，也相信這些選擇也帶給我好的影響。

就像考進學校的打擊樂團是我意識到我熱愛舞台的開始，也影響了我後來的一系列選擇與發展。雖然說我喜歡樂團，但沒耐心的性格導致我每次都覺得練習很痛苦，而不練習就會導致我很害怕去排練跟上課，因為「肯定被罵」！我又不是什麼天才，更何況連天才都得練習，我有練跟沒練絕對是會被老師一眼就看穿。現在回想只覺得自己既然都緊張得吃不下飯了，幹嘛不花時間去練習？然後再來看看現在的小朋友，下課不只要補習超多科目，還要學樂器，學東學西，週末都沒時間休息。我對比之下真是身在福中不知福。不過，不管我當時是開心比較多，還是覺得自己有壓力，現在回想起來我其實都很感謝那段經歷，讓我在僅僅十歲就有機會踏上那麼大的舞台去演出。我想這可能是我後來在舞台上很少感覺到怯場與緊張的原因之一，也因為很小就開始對舞台和觀眾感覺自在，我甚至都沒有意識到這是一個優點。一直到我長大之後才慢慢發覺，不是每個人都對上舞台感覺到興奮，甚至那種不自在不是說想克服就能克服。就像在學校的分組報告，有些人最討厭被分到上台報告的這個工作，我恨不得每次都給我負責這個就好。

也許在樂團裡的那段時光不是要讓我變成音樂家，而是要讓我

意識到我對舞台的自在和熱愛。

我記得每一次下了台之後的那種興奮感,都要大概花我兩天的時間才能漸漸退去。我當時還不知道未來要幹嘛,但我內心告訴自己,要跟表演有關係!

## 人生重大事件延伸（這些重大事件給你帶來的影響）

## 療癒書寫補充練習：反向改寫你的故事

在這裡我想補充一個可以幫助你在撰寫的過程中，從過去的事件裡療癒自己的小練習。你並不一定要把這個練習的內容放到你的自傳當中，但如果你覺得你想要，那也會很好。

首先，請你先回想一下，過去這個階段裡，有沒有哪一些回憶是你感覺特別不好、不愉快的？有沒有哪些事件與人物讓你感覺給你產生了負面的影響？或甚至這些不愉快的事件已經被你記錄到了你前面撰寫的內容裡。現在我希望你把這段經歷完整一點的寫下來。是發生了什麼不愉快的事？又是怎麼給你帶來不好的感覺與影響？

我前面說過，希望大家不要因為要書寫下來而再度去拿那些事件來責備自己與其他過去的人事物，但過去的那些不好的感受，和你現在持續能感受到的放不下和影響，都依然是你無法完全忽視的經歷與生命軌跡。所有的經歷就是經歷，你依然可以寫下來，依然可以說出你當時的感覺，但你寫完之後，我希望你重新讀一遍，然後把所有負面的事件或詞語利用正面的詞語與思考模式來改寫它。我並不是要你改寫事件的「事實」，而是改寫你的「看法」與「感受」。你可以嘗試站到另外一個角度，也許是局外人的角度，或是對方的角度來重新看待並描寫這個事件，也許會有所幫助。如果面對到那種令你怎麼也想不通，或怎麼也理解不了的問題，有時候，放下也是一種解決辦法。不只是在心裡放下，而是「寫出來」，告訴心裡一直對這件事情有些糾結的你，這件事

情你已經選擇讓它過去，選擇不再讓它來影響你和困擾你。

記得，一次挑選一個事件來做反向改寫的練習就好。一個事件、一個事件來改寫，才不容易造成思緒混亂，也才能真正去面對、回顧與放下。要放下，本身就不是一件容易的事，你需要一步一個事件慢慢來。如果你在寫下這一個對你而言影響很大的經歷時，你感覺光是把這個事件寫下來就已經很痛苦，那我希望你不要急著去做改寫。不需要逼著自己立刻對這個事件裡的人事物釋懷或原諒，因為當你處在情緒之中時，你是很難看到事件的全貌或用另一個方式來解讀它的。

你可以休息一下，甚至去睡一覺再回來。一次不行就兩次，兩次不行就三次，一次次回來看你寫下的文字並問問自己，你真的想要背著這些不愉快與痛苦在往後的人生中持續折磨自己嗎？如果答案是否定的，你會怎麼去改寫這段文字？如果改變不了看法，那就先改寫它對你造成的影響，你要相信自己，就算你選擇不了所有發生在你身上的事，但至少，你永遠可以選擇它們對你的影響。也許改寫了這個事件對你造成的影響，你就會對這件事情有不一樣的看法了。

有時候你改寫完了一個事件，也會有助於你用另一個角度來改寫你生命中的另一個事件。你甚至能夠把一件看似負面的事，變成你人生中的頭等好事！你改寫後可能會發現，喔對呢！我真的如同我前面改寫的那樣，是因為那件事對我產生的這樣正面的影響，所以我這次才如此順利！

**正向改寫範例：**

我小時候在學校裡被霸凌，並不是被大家，但就是有一個同學特別喜歡欺負我。我很懦弱，所以總是不敢反擊，也不敢跟別人說。對此，我常常自己躲起來偷偷哭，但我沒有想到什麼解決辦法。一直到有一次，我的眼睛被打傷了，我的家人才意識到事情的嚴重性。我媽媽帶著禮品去學校找老師，希望老師能夠特別關注，讓我免於在學校被那位同學繼續欺負的情況發生。然而，我們每隔一段時間就會換位置，我以為老師會特別注意，不要讓那個同學跟我坐在一起。因為我之前就是這樣才一直被欺負的，沒想到，才隔沒多久，老師又把他調到我旁邊來坐，對此，我感到很恐懼，內心也很不解，為什麼老師好像故意也要欺負我的感覺？至少我當時是這樣想的。我想這件事對我日後的日子肯定產生了不好的影響，雖然我不太確定是什麼。可能是使我特別害怕被討厭和排擠，所以我也就變成了一個特別敏感的人。

**反向改寫範例：**

我小時候在學校裡被霸凌，並不是被大家，但就是有一個同學特別喜歡欺負我。我是一個不喜歡和別人產生衝突的人，所以我並沒有反擊。我也沒有跟別人說，可能我當時年紀還太小了，不知道怎麼去表達這些事情。對此，我常常自己躲起來

偷偷哭，但我沒有想到什麼解決辦法。一直到有一次，我的眼睛被打傷了，我的家人才意識到事情的嚴重性。我媽媽帶著禮品去學校找老師，希望老師能夠特別關注，讓我免於在學校被那位同學繼續欺負的情況發生。然而，我們每隔一段時間就會換位置，我以為老師會特別注意，不要讓那個同學跟我坐在一起，因為我之前就是這樣才一直被欺負的，沒想到，才隔沒多久，老師又把他調到我旁邊來坐，對此，我感到很恐懼，內心也很不解，為什麼老師好像故意也要欺負我的感覺，至少我當時是這樣想的。其實現在回想起來，那個同學的家庭背景非常糟糕，他幾乎能夠算是一個孤兒，缺少家人的疼愛與教育，這麼小的他又怎麼會知道自己做的事情有多糟糕呢？我本來就是一個心思細膩的人，也不喜歡衝突。我想我沒有去告訴老師或家長，就是因為我不想把這件事情搞得很嚴重，也可能我是覺得自己被欺負這件事情很丟臉，我不想去面對。但我很開心我現在能夠直面這些心態，因為現在的我知道，未來在世界上遇到任何不公，我沒有必要默默承受，我可以學會為自己勇敢起來。有時候衝突是必要的，捍衛自己和保護自己是我的責任。如果要說這件事情對我產生的影響，那它肯定讓我的人際關係技巧變好了。至少我再也沒有面對過霸凌的事件，也總是能夠和同學們相處愉快，甚至到我那之後的求學生涯中，在不同學校裡與不同的同學們住在多人同住的女生宿舍裡，我也都和室友們相處得非常融洽。

而即使我對老師的行為如今都依然不解，但我相信他也有他的難處吧。

可能就是沒有人適合跟那位同學坐在一起，老師也不知道該怎麼辦。我永遠也無法回到那個時候，站在老師的立場去理解事情的全貌，所以也沒有覺得老師在針對我的必要，那純粹是一種我自己當時捏造出來的想法。現在要怎麼去猜想對方當時的心態取決於我，但那對我現在而言已經不重要，我選擇往前看，相信所有的結果都有其自身的意義。

你可以選擇要把你撰寫的原版內容放在自傳裡就好，或是用你改寫的內容來代替你原本寫的內容放進自傳。我最推薦的方式，會是你把兩個版本的內容都統整結合放進去。保留原本的事件，和它帶給你的感受，同時也寫進去這件事帶給你的正面影響和你接下來會怎麼看待這件事。

原本事件

反向改寫

## 這個階段對你來說最重要的五個人事物／關鍵詞

人生的每一個時期，因為年齡的不同、生活經驗上的不同、心態上的不同、環境上的不同、身分上的不同⋯⋯對於那個時候的你來說，最重要的人事物也會不一樣，而人生關鍵詞也會不一樣。

像是國小的時候，最在意的可能是同學和老師的看法；談戀愛的時候，生活的重心和想法總是都繞著對象在轉；生了孩子之後，可能突然發現拼事業不是最重要的，你想花最多的時間去陪伴孩子的成長⋯⋯

重要的人事物不一樣，其實也與你每個人生階段的主要驅動力，以及對生命有不同的「體悟」有關。而這些「驅動力」和「體悟」，很有可能就是你這個階段的關鍵詞。

像是兒童時期的你，對你來說的人生關鍵詞可能是「探索」或「模仿」；長大一些可能變成「叛逆」與「掙扎」；出了社會之後可能變成「奮鬥」與「失望」；年老時可能是「釋懷」與「坦然」⋯⋯這就像是你在寫你的自傳時，為你的每個階段下目錄標語一樣。你這個階段的關鍵詞是什麼？是什麼詞概括了你這個階段的經歷？

如果你現在在撰寫的是你過往的人生階段，那你可能需要努力地回想一下，那個時候的你，哪些人事物是對你來說最重視、最重要的？或是，哪些人事物是影響你這個階段最深的？除了人事物之外，我也希望你可以寫下你這個階段的關鍵詞。

　　你也可以利用前面做過的關鍵詞練習，去從你前面寫的，透過重大事件延伸出來的故事裡，找到屬於你這個階段的五個人生關鍵詞或人事物來進行撰寫。

　　利用以上的方法，這一個部分要請大家去找出你這個階段的五個最重要的人事物或關鍵詞，然後說明為什麼它們在這個階段對你來說是最重要的？有沒有發生什麼事情可以作為它們對你影響很深的例子？也可以單純寫出，你和這個人事物的故事，或為什麼你認為這是你這個階段的關鍵詞？這個關鍵詞是如何貫穿與體現在你這個階段的思想和行為當中？

　　關鍵詞也許不如人事物那麼好想到，為了讓大家能先有一個更明確的方向開始寫起，我建議大家可以先寫下對你這個階段最重要的三個人事物，然後再來一一描寫你與它們的故事和它們對你的重要性與影響。最後再利用這三個人事物來找出兩個你這個階段的人生關鍵詞。當然，如果你是先想到人生關鍵詞，然後再聯想到對你重要的人事物那也沒問題。去列出來，然後開展你這個階段的故事吧。

　　下面我用範例來呈現如何描寫這個階段重要的人事物，以及這些人事物是怎麼在這個階段對你產生意義和影響。也請大家跟著下面的範例，一起來利用你的第一個人生階段來作為書寫練習。

　　一開始，你可以先利用問題，來引導自己，如以下範例一：

**範例一：**

**對於這個階段的你來說，哪個人事物最重要？**

對於兒童期階段的我來說，其中一個重要的人事物是我的老師。

**為什麼重要？**

因為這個階段的我只是個十歲的孩子，對於很多知識性的東西懂得不多，花最多的時間也是在學校，所以對我來說最有影響力的角色是老師。尤其是我那時候的班導師，我簡直把她視為偶像。我覺得老師什麼都懂、什麼都能解決，就像一本百科全書。

**哪些例子和事件可以看出，這個人事物在這個階段對我來說很重要？**

我甚至當時就立志我也要當老師。是的，我小時候的志向是當一位老師。這和我過了幾年之後的志向大相逕庭。我記得我小時候會拿著一張張白紙打分數。心情好就寫個一百分，心情不好就寫個零分。我還會給我的洋娃娃講課。據我媽透露，我還會對我媽抓回來準備要煮來吃的螃蟹講課。至於我到底在講什麼課？我還真的想不起來了。我記得我那時候因為很崇拜老師，只要老師要選誰去做事情我都第一個把手舉得高高的。有幾次老師如果沒有叫到我，我都失望得不得了，覺得老師是不

是不喜歡我？

**現在回頭看，對我有什麼影響？我有什麼感覺？還重要嗎？**

現在想一想，覺得當時的那些行為和想法蠻可愛，也蠻好笑的。我已經沒有想當老師了，老師這個角色也已經不再那麼令我感到有影響力。我也在後來的經歷當中理解到，老師並不是什麼都懂。相反的，我們應該要小心自己不要被權威的力量蒙蔽了雙眼，無法理性且客觀地判斷事情的真實性和對錯。離開了學校之後，才發現生命經歷才是最好的老師。

問答式練習，描寫這個階段對你最重要的人事物之一

　　重要的人必定有其重要的原因，而這個原因很可能就源自於你這個階段的「關鍵詞」，也就是你看重的東西與特質。去發現這些是很有價值的，因為它可能代表了你的價值觀，或你這個時期渴望的、缺乏的東西。

　　我利用我前面描寫的，這個階段對我來說「重要的人」，再帶入到我這個階段的「關鍵詞」來作為範例。

---

**範例二：**

對於那個處在兒童時期的我來說，我想我會如此崇拜老師這個角色，並且產生後面一系列的行為，應該是因為我的那個階段的關鍵詞是「模仿」和「有影響力」。我渴望有影響力，所以我去學習與模仿對我當時來說「有影響力」的權威者，那樣的角色在我眼裡是有光的。從我後來的人生軌跡和選擇來看，小時候的關鍵詞也可以體現在我往後人生的道路上。我後來都是朝著「更被看見」、「更有影響力」的目標與方向努力，包含我學習的專業與發展方向。當然，這也成了我後來的致命傷與自我學習的課題──通過別人的評判與眼光來作為自我價值的重要依據。

---

　　接下來也請你試試看，從你上面描寫的重要人物，連結到你這個階段的關鍵詞。

接續你前面書寫的內容，帶入你這個階段的「關鍵詞」

　　你可能會在撰寫自傳的過程中發現，有幾個關鍵詞持續出現在你的不同階段，那很可能就是你的價值觀或性格，並不只是階段性的，而是長期跟隨你、影響你做出一連串人生決策的關鍵要素。

　　在你完成這本自傳的過程中，我希望你可以特別去注意，並把這樣的關鍵詞抓出來單獨做一些延伸描寫，或把你的發現寫到你接下來的階段當中。

　　就像你現在寫下了你第一個階段重要的人事物與關鍵詞後，你是否覺得，這樣的關鍵詞依然能夠顯現在你現在的階段與人生選擇上？如果是，你可以把它單獨寫下來，之後在你繼續撰寫自傳時，去看看這個關鍵詞是否依然在影響你？怎麼影響？這些觀察與思考，你都可以持續寫下來，它們如何在你後來的生活與故事中出現。這種關鍵詞是非常值得你去探究的，因為如果它代表了你的價值觀或性格，那你去認識它，就是去認識自己。舉例來說，你也許一直想要創業，你也覺得自己非常適合，甚至有了很好的想法與資源，但你遲遲沒有去做，你自己都不明白為什麼，你就是跨不出那一步。那也許就是你的價值觀裡有一個你最重視的東西，讓你無法去做這樣的冒險並承擔那麼大的後續風險。如果你在你的自傳中發現了類似這樣的一個價值觀在影響你的選擇，我希望你不要把其視為阻礙，而是因為更了解自己了，所以你應該要換一種方法去達成目標。因材施教也是同樣的道理，請不要逼迫自己去做違背自己價值觀的選擇，否則後面的一連串挑戰都會

顯得更加困難與難以堅持。換一種更加適合自己的方式並不代表一定要與自己的理想妥協,也許你能找到一種投入與風險更小的創業模式?或是存到了多少的金額再來採取行動?看看能找到什麼方法降低後續風險?

這只是一個例子,去說明你可能會透過寫自傳而更加認識自己,並在未來的發展上能做出更加適合自己的選擇,並理解自己的感受來源,這也是為什麼我希望大家多多關注自己的關鍵詞與重要人事物的重複性和背後的意義。

請記得,關鍵詞其實是一體兩面的,就像缺點也可以是優點一樣。就如同我前面的例子,「有影響力」是我那個階段的關鍵詞,事實上也持續出現在我後面的階段當中,這成為我努力的動力之一,但也成為我日後的阻礙。那種好勝心會讓人向前衝,但也會讓人敗在心態上。而這些一體兩面的影響是如何在你的生命當中作用?帶你發生了什麼事件?走向什麼方向?都是你可以分享的內容。盡可能地去用多面性去看待與描寫你的關鍵詞,不要把其認定為你的缺陷或堅不可摧的優勢,尤其是那些不只是屬於你單一階段性的關鍵詞,那些正是你去認識自己的機會,要從各種不同角度去好好認識自己。

接續上面的範例,請見下面的範例三:

**範例三：**

「被看見」和「有影響力」這兩個關鍵詞持續出現在我的人生許多階段，甚至到兩年前我在為我的人生做關鍵詞整理的時候，它們又出現了。我無法確切分辨哪一個更適合我，因為它們兩個就像是被捆綁在一起的一樣，想要有影響力，所以想要被看見；想要被看見，所以努力變得有影響力。在我兒童時期的那個階段，它確實幫助了我，讓我比起比較害羞的孩子來說，我顯得更容易被看見，也為我爭取到較多的機會（至少我印象中是這樣）。甚至到了之後的幾個人生階段，這樣的關鍵詞也都讓我有更多勇氣去嘗試一些新的事物，讓我的人生有更多的歷險。但我長大之後，才意識到我有一個很大的問題，就是我不知道怎麼說「不」，也不知道怎麼去為自己的權益發聲。我媽媽甚至為我取了個綽號叫「沒關係小姐」，因為我什麼都說沒關係。我努力去把所有能被看見、被感謝、被稱讚的事情都攬下來做，但事實上，我常常在做我不想做的事，只因為別人請我幫忙，然後我就把自己搞得很累，而我自己好像都沒有意識到這個問題。一直到我後來讀到一本書叫《你的善良必須有點鋒芒：36 則讓你有態度、不委曲，深諳世故卻不世故的世道智慧》[7]。這本書的一開始就說中好多我一聽就想說：

---

7　《你的善良必須有點鋒芒：36 則讓你有態度、不委曲，深諳世故卻不世故的世道智慧》，作者：慕顏歌。

「這就是在說我啊！」的例子。書裡許多道理也讓我慢慢從別人的故事中理解到，我應該要如何學著保護自己的心，這不只是攸關在別人請求你幫忙的時候，你要選擇幫不幫這樣的問題而已，也關係到你在和他人溝通的時候，如何理解他人，同時保護自己的立場；如何避免別人把他們的觀點加諸到我們的身上，要我們符合他們的理解行事；如何不被情緒勒索等等……

讀完了這本書之後，也讓我開始去反思，我為什麼會這樣？就是因為我渴望被看見、被認可，想要有更多影響力的心態。我很怕錯過一些機會，被看見的機會，更怕拒絕別人會變成一種被討厭的理由。真希望我當初就有為自己整理出我的關鍵詞，讓我能從關鍵詞裡去發現自身面對到的問題的根源。

　　小時候的我肯定理解不了我那種渴望「有影響力」是怎麼在我骨子裡作用，更不會理解這件事情的危險性。但在後來的生命裡肯定有許多事情讓我慢慢領悟這些道理。例如，因過度在意他人的想法與眼光所以被傷害，或忽略自己自身的感受與想法，導致長期的壓抑。我相信這些都是在許多人身上很常見的，尤其是在那些思想較為傳統的環境下成長的人，不只是我作為單一個案。然而，每個人的故事不一樣，但我的故事肯定能讓有類似遭遇的人看到其自身的傷口，就像別人的故事也總是能帶給我療癒的啟發一樣。我總覺得我之後慢慢去理解，去為自己解套，都是因為

有別人的故事，帶我慢慢看到問題、認識自己。

你的故事也可能會帶給別人一樣的作用，或甚至讓那些帶給你傷害的人理解到自己無意中犯下的錯誤，原來有造成這樣的傷害。所以我希望，越是你覺得難以下筆的傷口，你越是可以嘗試對自己敞開來、寫出來。就像回到過去問我的話，我肯定不會願意去說，我是一個渴望被看見的人，所以我才努力討好別人，壓抑自己，喔對了還有，我在青少年時期顯得格外叛逆也是因為這樣。我在我父母親的眼中應該是最聽話的孩子，所以我的所有反彈都更加倍被放大，但其實那些就是我過去過度的壓抑導致的。我甚至還沒學會去向他們表達自己，他們也不懂得怎麼去引導孩子表達，兩者的作用下，也就變成了一種嚴重的相互不理解。至於我壓抑的東西是什麼，那又能夠延伸出另一個長篇。你也可以去問問自己，你過去那個階段，在內心壓抑了些什麼？是家庭裡的爭吵與不愉快？還是長期被比較導致的自信心缺乏而沈默？

現在和未來每完成一個階段之後，試著回顧看看你寫下的關鍵詞，看看它是否也存在在你後來的人生選擇中，或甚至你到現在都覺得它就是你的人生關鍵詞。你可能在撰寫你這個階段的關鍵詞時，你才突然意識到，這些關鍵詞是如何在你過去和往後的人生中持續起作用，這些想法與體悟可能會給你一種覺醒的感覺。如果這種感覺來了，你可以盡快大致性地寫下來。不用具體描述它如何作用在你下一個階段的細節與事件，把那些細節留到後面那個階段再來描寫也沒關係，單純先為你的下一個階段留下一

些伏筆或發展依據。這樣把跨越你不同階段的關鍵詞選出來做延伸，給後面的階段鋪路，或給前面的階段做一些解釋，不僅可以幫助你之後的自傳寫作有一些構思，也可以幫助你或你的讀者，去看到你人生故事的發展原來是遵循這樣的軌跡。在這個過程中，通過發現與意識到這樣的影響，你還可以嘗試把你不想要的、持續阻礙你發展的要素，在你未來的人生裡去除掉。

　　如果你現在還沒有找到那個持續在你生命中作用的關鍵詞也沒關係，你可以等到你後面多完成了幾個章節之後再回來觀察與書寫。此外，即使你現在發現了長期在你生活中作用的一個或兩個關鍵詞，在後面撰寫不同階段的時候，你也還是可能會發現新的關鍵詞更能代表你的價值觀，甚至代替了你原先認為是你價值觀的關鍵詞。這些關鍵詞你都可以先寫下來，後面持續回來補充，你的生命道路肯定會指引你去更多地理解這些關鍵詞的意義。

影響與跨越你不同階段的「關鍵詞」

經過範例一的問題引導和範例二的關鍵詞聯想，再到範例三的關鍵詞延伸，你已經對你這個階段重要的人事物或關鍵詞進行了充分的撰寫練習了。接下來就請繼續完成你這個階段的重要人事物或關鍵詞吧。

如果你感覺已經可以結合你這個階段的故事，來帶出對你重要的人事物或關鍵詞，而不需要再使用問題來引導，那在後面對人事物或關鍵詞的書寫中，你就可以不用再依靠著這樣的問答方式來描寫了。盡情去闡述你內心裡與那些人事物或關鍵詞的故事吧！

下面展示把問題去除掉之後的書寫方式，沒有一定的規則，一切按照你的腦海中對這個階段的人事物或關鍵詞的印象來書寫屬於你的故事。

範例四以我人生另一個階段的重要人物為例（其實我原本是想寫下對我來說很有意義的物品，但寫了才發現，有意義的是那個人）。

可以參考下面的範例，再繼續完成你這個階段重要的人事物或關鍵詞。

**範例四：**

要從大學畢業的那一年，我感覺我的人生也正式邁入了一個新的階段，我去了美國打工度假。我在那裡認識了我們店裡的一位常客，是一位高齡的奶奶。她隔三差五就會來我們店裡一趟。她永遠拿著一本寫得密密麻麻的記事本，然後點兩樣東西：雞肉沙拉、黑咖啡。

美國餐廳的黑咖啡幾乎都是可以無限續的，我也都會時不時拿著咖啡去每個我服務的座位，詢問客人是否需要加咖啡。每次我過去問那位奶奶，她都會說：「Why not？」每次都是我意識到她不應該再喝了，才不給她補了。

隨著我們聊天的次數越來越多，奶奶提議了在我休假的那天要開車帶我去附近走走。我很開心地答應了！山上的生活很簡單，除了上班的時間之外，因為交通不方便，我也很少會出去，所以對於那次的邀約我也很興奮。但奶奶並沒有如期赴約，我記得我那天真的擔心得不得了，但我沒有她的聯繫方式，我只能在心裡祈禱著趕快在店裡再見到她。

在我們約好的日期的三天後，她終於又來我們店裡吃飯了！她表現得若無其事，好像我們根本沒約過一樣。那天我才知道，原來她有阿茲海默症。

後來我們相約了幾次去吃飯，要嘛，是她怕她自己忘記，要

嘛，是我提醒她，每一次她都會立刻在她的那本記事本裡記錄下來。也確實，她沒有再忘記過了。甚至後來的每一個週五，幾乎都變成了我們的「約會日」。如果我們沒有約，就會變成是她提醒我，我們週五是不是要一起吃個飯？

我們一起經過了很多非常愉快的時光。我並不覺得年紀上的巨大差距有帶給我們什麼相處上的困難。我反而能看到年輕的她的靈魂還在她身體裡活躍著，尤其是跟我相處的時候。

在我要離開美國的前兩個月，她開始不停詢問我是不是快要離開了？我每次都告訴她，還早呢！接著告訴她還有多久……有時候這個問題我同一天需要回答她五次，我一點都不覺得煩，但我很捨不得她一直在心裡擔心我要離開的事。

在我跟她說完還早，還有兩個月的某一天，她突然從包裡掏出了一個禮物，是一個項鍊，她說她看到這個項鍊的時候就立刻想到了我。她希望我回去前她能送我一個禮物，所以她就買了。

事實上她之後又送了我一個杯子，因為她忘記了她送我項鍊的事。這個杯子來自我工作的餐廳。每次在我收到她的禮物的時候，我都要很努力忍住不掉淚。甚至在我離開美國之前，我們兩人的最後一個週五，我都不敢告訴她，今天就是那一天了。我不確定她是否知道，但我們分開前的那個擁抱，我感覺她是

知道的。這次，她轉頭離去的速度像是怕我看到她的眼淚。我望著她離開的身影，我心裡想，我希望她像忘記我們第一次相約那樣，忘記我。

一直到現在，這個杯子和項鍊都對我來說擁有極大的意義。這些都提醒著我那段與她分享的美好時光，即使我相信我不會忘記。

我記得過去在學校裡的某一堂獨白課，老師要我們提前準備一樣對我們來說很珍貴的物品，然後到課堂上分享我們與這個物品的故事，以及這個物品對我們的意義。我記得那時候，我在小小的宿舍裡翻找有什麼對我來說有特別意義的東西。我拿起一個個我覺得有機會被我自己錄取的物品，但又感覺好像不夠好。當時，我的衡量標準，就是這個物品會讓我想到什麼故事。那時我才發現，其實幾乎每個東西都有一個小故事，只是這個故事被我們自己賦予它的意義與價值，在當下來看是大是小的不同而已。其中許多價值與意義都是我以前不曾感覺到的，是隨著時間和事件累積出來的。舉例來說，小時候蓋過的毯子，你小時候看跟現在看的意義不一樣。等你老了之後再看，意義又會更不一樣。這中間不只是時間的積累造成的不同，也可能會歷經許多的故事與事件，來改變你對這個物品的看法，可能是你母親親手為你縫補過，或是其他的小故事。從那一次獨白課的準備中我才意識到，我帶什麼

東西到課堂上根本不重要，重要的是那個我要說的故事。一個物品的價值，完全是你自己賦予的。

　　有沒有什麼物品對你來說也極其珍貴？它也許不是什麼貴重的、價值連城的物品，但卻對你有著超乎金錢可以衡量的價值。去寫下你與這個物品的故事吧。也許你能夠重新透過這個故事，看到其背後你真正珍視的東西，或是你內心裡通過物品寄託的情感與思念。有時候你本來想說的是那個東西對你很重要，但其實到最後你會發現，重要的是送你那個東西的人，就像我一樣。

繼續完成這個階段的重要人事物或關鍵詞描寫

## 自傳／人生階段的章節完成

通過前面的撰寫與練習，寫完了這個階段對你來說最重要的人事物或關鍵詞的故事，你這個階段的自傳內容就算是完成了！

恭喜你！你現在也已經知道，你自己是完全可以執行這件事的，你知道如何完成你的自傳，你也已經在路上了！

如果你想對你的每個章節都做一些小總結，那你可以在這裡加入。這個總結的方式不限，你可以用幾句話來做一個簡單的總結，或是為你下個階段做一些鋪墊。

例如：「我的整個小學階段基本上就是一場探索式冒險，回想起來，那時候很自由也很好玩。雖然對很多事物都來不了解，但我知道我喜歡舞台，不過也意識到了要有所成，必先耕耘的道理。舞上一分鐘，台下十年功，而那時我才剛活過我人生的第一個十年，還無功可言，只擅長肚皮舞（算擅長嗎？）。」

另外一種方式，你也可以用條列式的方式，寫下你這個階段最深的幾個體悟，或學到的東西。例如：

本階段總結：

- 我就是姊姊的跟屁蟲。
- 我永遠追不上姊姊的年級。
- 不練習，永遠不會！
- 被罵到壓力很大、吃不下飯，還是不願意去練習的小朋友是存在的。

- 送蛋糕真的能激發小學生參加學校比賽的意願。
- 我有演講的天分。
- 我愛舞台。

不論你是否寫下章節總結都沒關係，接下來我只希望你不要停下，趁著這股勁，繼續把你後面幾個章節與段落完成，以同樣的方式繼續下去，應用到你接下來自傳的每一個章節裡。你很快會發現，你甚至不需要再回來看這本書的引導了，你知道怎麼繼續寫下去。你可能有了自己的一套書寫模式與方法，用你自己感覺最舒服的方式來繼續下去。未來感覺不知道怎麼繼續寫的時候，再回來翻一翻、讀一讀，可能會有新的想法，或是你可以回去看看第四章「糧食儲備」的那個部分，找找看有沒有什麼你還可以嘗試激發靈感的方法。

接下來的每一個章節也是運用同樣的模式來撰寫即可。你不用擔心，因為每個人生階段與生命重大事件都是不同的，即使是同樣的模式去書寫，你的思維也可能會通過你書寫前一個章節時所沒有過的方式去擴散、牽扯到許多不同層面的成長與體悟，所以每個章節裡面，也會是完全不同的內容。

持續在你的下一個章節裡寫出你人生每一個階段的重大事件，其中包含故事、感受、啟發等等。接著寫出對於這個階段的你來說，最重要的五個人事物或關鍵詞、為什麼這五個人事物是你這個階段最重要的？你也許會發現，以前你覺得很在意的人事

物，現在再來看也不一定那麼重要了，但去盡可能地回想，把它們為什麼對當時的你來說很重要的原因寫下來。如果你的關鍵詞和前面一個階段不一樣（這很有可能），你也可以寫下是什麼造成了這個改變？也許只是單純距離遠了，所以聯繫少了？或是發生了什麼讓你的眼界更廣了？不管是什麼原因，你都可以簡單描述一下。抑或是如同前面的關鍵詞延伸那樣，你發現某一個關鍵詞持續在你不同階段中出現，那這很可能就是你的價值觀、性格，或是在小時候的成長中導致你長成的生存本能。不管那是什麼，肯定都有好的一面與相對負面的影響。而且既然在你不同階段都出現，我希望你能好好看看這個關鍵詞帶給你的影響，這樣你往後才能意識到，它在起好的作用或是又想來搗亂了。

　　雖然前面已經讓大家寫下這個階段的五個重要的人事物或關鍵詞來作為練習，但之後大家開始轉到你自己準備好的、用來寫自傳的本子上去書寫時，我建議大家，在寫完一個章節之後，空下大約五到十頁的空白頁數。因為在你開始動筆後，你可能會發現，你書寫過程中的某一個時刻，可能突然有了一個回憶浮上心頭，但這件事可能是應該屬於前面一個章節的內容，或甚至是更加前面的時期。沒有關係，你可以回到上一個章節去記下來。不管你想到什麼，不管它應該屬於哪一個章節，都盡可能先寫下來。放下對於結構上與邏輯上的顧慮，把一切所想，記錄下來即可。這些文字，總有它的安身之處。在你寫下來的同時，已經是一種釋放與意義。

第一個章節的總結

Chapter 7

# 回顧與總結

　　根據你的生命曲線圖，你一個章節、一個章節地完成了你自傳中每一個階段的重大事件，並且做了延伸與改寫，也分享了你每個階段對你來說重要的人事物、關鍵詞，以及其背後的故事之後，我要大大祝賀你，因為你自傳的主要內容就算是大致完成了！

　　距離完成這本自傳，就只剩下最後一個部分。就是我們一剛開始跳過的「前言」。

# 前言

　　這個部分，是讓你放到這本自傳的最開頭。但由於「前言」這個部分，是希望在你寫完這本自傳的內容之後，能對你撰寫這本自傳的整個心路歷程做一個回顧與總結，所以我們放到最後，寫好自傳後才來完成。畢竟在完成這本自傳之前，你不知道它會長什麼樣子，也不知道在完成時，會有什麼新的理解與感受，甚至這些新的想法也會影響你之後關於如何處理這本自傳的決定。例如，你可能發現自己愛上了寫作，所以決定把這本自傳重新完善，或繼續往後書寫；或是你本來只是想寫給你的家人，但之後發現自己生命的精彩與意義，所以你想把自己的故事出版；也或許你最初的想法是把這本自傳寫給某個人，但之後發現另一個其實也對你影響很深、很重要的角色在你的生命中，所以你決定也把這本自傳送給他。當然，你也可能在書寫這本自傳的過程中感覺到全然的敞開，所以基於私密性你決定把這本自傳先自己保留著，

一直到某一天……等等的想法，不管那是什麼，你都可以把它在你的「前言」中寫下來。就算整本自傳的思路有別於你一開始的想法，那也沒關係，或是說，那更好。就像我一開始寫這本書的最初目的與想法，到我真正開始撰寫，並且認真研究書寫這件事之後，有了許多的變化。即使本質沒有改變，但許多新的想法，也使這本書比最開始多了許多不同的意義。所以我希望你也能寫下並分享屬於你的這個自傳書寫歷程的思維變化，這些改變，都是你自我成長與自我認識的體現，更可能會是這本自傳的亮點之一。

現在，要請你先在腦中大致回顧與整理一下你寫完的這本自傳，還有你這一路寫過來的歷程。依照你在寫完這本自傳之後的感受與想法做一些整理，看看你從一開始拿到這本書、決定開始書寫這本自傳的的過程裡，你是抱持著怎麼樣的心情與想法？你最開始的初衷和目的，從你翻開這本書到你完成了這本自傳，有沒有產生什麼改變？中途有什麼阻礙了你？又是什麼促使你繼續寫下去？寫完之後的感受是怎麼樣的？你又是如何看待自己撰寫的這本自傳呢？

另外，你也可以讓我們知道，你這本自傳想傳遞的一個大致內容是什麼？你希望這本自傳帶給讀者什麼？最希望讓讀者一開始就接收到的訊息是什麼？你希望他們怎麼看待這本自傳？而這些想法，從一開始的撰寫到完成，有什麼改變嗎？還是始終如一？

就像我一再強調的，這裡並沒有語法老師會來查找你語法上的錯誤，也沒有出版社會來要求你、糾正你的內容是否邏輯正確、

是否符合出版要求與規定等等。盡可能跟隨你的心與感受去書寫與分享。這本書裡的所有內容都只是一個引導，帶領你去完成你也許會想要完成的部分，這個部分也是。

你可以說，你覺得「前言」在你的自傳中並不重要，你只想保留前面寫的序，因為你的書寫動機沒有改變，那你就跳過這一個部分吧！這完全不是問題。

不管你是否決定撰寫前言，我都要在這裡恭喜你，你已經完成了你的自傳！

你的這本自傳，不管你目前如何看待它，或你覺得別人會對這本自傳的內容有什麼想法，我只希望你明白，不論如何，它都是一個貨真價實的無價之寶，因為它承載了你的生命故事。它就像你一樣，是獨一無二的存在。再也沒有人會有跟你一模一樣的人生體驗、一模一樣的人生故事與情感。

這裡我想送給你們一段我在《抄寫勵志英語，換來百日奇蹟》[8]裡讀到的一段話：「你是獨一無二又珍貴的人，這世界上沒有人和你一模一樣，沒有誰能完美綜合你過去的經驗、個性，以及對世界的觀點。這就是你的巨大價值，誰也無法模仿或複製……世界上有命中註定得聽見你想法的人們。」

---

8　《抄寫勵志英語，換來百日奇蹟》，作者：莉亞。

# 書名

完成「前言」後，你的自傳已經算是正式完成了。不知道你是否想好了你自傳的書名了呢？有些人可能在開始寫這本書之前就已經想好書名了，也可能到現在完成了這本書都還毫無頭緒。不管你是屬於哪一個都沒關係，畢竟，就算是先把書名想好了，你寫完這本自傳之後也可能會因為書寫的過程與內容，對書名的想法有所改變。

書名並不需要非得取一個激動人心的口號或是響亮的名稱。如果你的這本自傳目前沒有要出版的打算，那你也不需要強迫自己一定要想出一個抓人眼球的書名。重點在於書名的這個詞或這句話，可以涵蓋到這本自傳想要傳達的主要內容或你想傳達的意念。另外，就像商家在取店名或取品牌名稱的時候，人家都會說，盡量要取一個好記、順口的名字一樣。有時候越是簡單明瞭的文字，越有力量。

如果你想要，你甚至可以直接用你的姓名來命名。抑或是，你這本自傳是獻給某個人的，你也可以很直白地把書名取作《爸爸用一輩子寫給女兒的一封信》、《致某某某》……

這裡給大家三個取書名時的參考建議：

● 用字不要過於艱澀難懂。

● 要你這個人和內容有所關聯。

● 先打動你自己，才能打動別人。

　　現在，你可以先寫下幾個在你腦中閃過的書名作為參考再從中挑選。

　　如果你真的暫時想不到或選不出來，那也不要勉強。記得我前面第四章說過的嗎？讓大腦休息一下，點子會來找你的。就像你剛開始就想好書名一樣，你也可能會現在取一個名字，隔了幾年之後，回頭讀這本自傳，或補充這本自傳時又有新的想法。但那又怎麼樣呢？這是你的自傳。你甚至可以先把你的這本自傳分享給你想要分享的人，讓他們讀完之後，陪你一起挑選適合的書名。多了你覺得重要的人一起參與進來這個取書名的過程，也能讓你的書名多了一些意義。

列出幾個你腦中閃過的書名

# 現在

　　我希望你認知到，你已經為你的人生完成了一件大事。你有一個比財富更加珍貴的禮物能夠傳承下去，裡面有你的純真、遺憾、懊悔、汗水、淚水和一切真切的情感……這其中還包含了你從錯誤中得到的學習與成長、從經驗裡獲得的認識與醒悟、從失去中理解的珍惜與傷痛……這也是為什麼自傳由自己寫是最好的，沒有什麼比當事人透過自身的描述去表達內在的情感更能打動人。所有的一切，一點一滴的累積，比起教科書更加具有教育意義。但不管這本自傳你是否決定傳承下去，也不管你是否擁有那個你想要把自傳送出去的對象，這些都不再是最重要的了。如同我最前面說的，這是一段旅程，帶領你回顧、感受、省思的旅程。所以最重要的事情在於，你陪伴自己走過了這段路，重新試著接納與面對每個階段的自己。

　　在這個過程中，不論你是否感受到了自己的改變，你都已經不一樣了。這些細微的改變，將會在往後的日子裡，陪伴你去做出更加適合自己的決定，並且提醒你，現在發生的大事，在未來，也可能只是一頁紙的事；在你的生命曲線圖裡，也只是一個「點」的事。不管是低點、是高點，它都會過去。對未來隨時做好準備，但用平常心去看待每件大小事。試著用享受的心態去迎接變化的來臨。

　　現在，請你回到你的生命曲線圖，在這個時間點上，畫下你

完成這本自傳的感受，畫下那個「點」。相信我，完成屬於你的自傳，這絕對是一件你人生裡的重大事件。而且很值得慶祝！記得我前面說的吧？慶祝、鼓勵與儀式感！現在就是個很好的機會，去為自己這一路的書寫與記錄好好慶祝一番！你是要吃一頓好料？還是要訂一趟旅行？趕緊想一想！

　　不管對你現在來說，對於完成這本自傳的滿意度有多少，我非常以你為榮，也希望你以此為榮，並且用同樣的精神與堅持，去認真看待自己在未來想要完成的每一件事。當你自我懷疑時，回想你剛拿起這本書時，那個內心的聲音，那個懷疑自己是否能完成自傳的聲音，再看看最後的結果。從現在開始，記得你是一個能夠完成自我理想與目標的人。

　　你的這本自傳，是從一本空白的筆記本開始的，現在它已經成為了珍貴的寶藏。你的人生也是一樣，你可以自己去定義過去它帶給你的一切的價值，更可以決定你接下來要成為的樣子，去做就行了。

　　把你的自傳看作是一本劇本，你就是主角，從頭到尾都是，而從你拿起筆開始撰寫你的這本自傳後，你就更成為了一名劇作家，你人生劇本的劇作家。所以，接下來的劇本是悲劇、喜劇，還是歷險記呢，大作家？

# 未來

　　未來的日子，你是否決定繼續把自己的故事寫到這本自傳中，並持續去完整它，決定權都在於你自己。找一個對自己最舒服的方式即可，沒有對與錯。如果你希望定期去補充你的自傳，但又不希望給自己太大的負擔或壓力，我建議你可以在往後的每一年年底，設定一個日期，重新回顧自己這一年的經歷，可能是通過日記、行事曆，或是相簿等等，甚至重新回顧自己之前撰寫的這本自傳，並且補充寫上這一年的重點事件與感悟。這可以被你當做一年結束的一種儀式，去揮別與回顧舊的一年，迎接與規劃新的開始。

　　我知道許多人都會有做新年計畫與目標的習慣，但其實回顧過往的一年與規劃未來一樣重要。因為在回顧的過程中能夠幫助你，從過去的生活裡，去解析之前的目標無法完成的原因，並且察覺那些正在耽誤自己的壞習慣。

　　從舊有的模式中，重新導正接下來的發展方向，才不會在錯誤的方向上繼續努力。例如，你可以去想想自己過去的一年一直減肥失敗的原因，重新調整與設定一個更加適合自己的健康計畫。

　　不僅僅是在未來的行動上做出調整與改變，自傳的撰寫與回顧能帶給你最大幫助的地方，是對於你心裡感受的抒發與面對，和長期的心理健康發展。從書寫與記錄中更加理解自己、認識自己，並且適時地拉自己一把，不讓自己在生命曲線圖的低谷一蹶不振。

　　如果你決定每一年設定一個時間，來撰寫新一年的自傳內容，那在每一年繼續完整自傳的過程中，你也可以重新增添上幾個點到你的生命曲線圖當中，或者每年重新畫一個。你可能會在回顧中又發現了一個，你之前覺得算是人生大事的點，而現在你已經不覺得有什麼了。

　　每一年都回到自己的生命曲線圖上看看，重新為自己的人生畫上新的記號，把所有起伏都當作是人生精彩的象徵。記得低谷是為反彈做準備，如果你意識到自己正處於生命曲線圖上的低點，那新的一年，就作為你觸底反彈的一年吧！

　　另外，在每一年重新畫的生命曲線圖上，你可以看看這一年裡的每個低點，並想想在新的一年你是否能夠做些什麼去避免這樣的低點再次發生？或是你從這個低點裡學到什麼？當然，也要回顧每一個高點和回想那個當下的喜悅，感謝每一位在那個時期幫助你的人。你可以在心裡謝謝他們，但我一樣建議你可以寫封感謝的書信，好好地謝謝他們。而要不要真的把信交到他們手中是你的決定，重點在於，去寫下你對這一年所有人事物的感謝，好的事情、壞的事情都可以是幫助你成長的一部分。去感謝一切的經歷，感恩的力量會是你新一年好運的開始。

　　在回顧過去的自傳內容中，你也可能發現一些新的看法想要補充，那你也可以寫進你新的內容裡，表示出你對自己人生事件的新見解。例如，前一年，你公司的老闆還在處處刁難你，讓你在公司上班的每一天都宛如地獄般痛苦。這一年你決定辭職創業，

沒想到大獲成功，所以你突然感謝起你的前老闆。要不是他使你想離開，你可能永遠也不敢踏出舒適圈。

　　就像這樣的轉念，每一年都可能發生。去把你回顧自傳時發現的這些生命中的轉機與轉念的瞬間通通記錄下來。時間久了，你就會發現自己的成長與持續的改變，那些幅度其實是很驚人的。同一件事，可能從至關重大，到絲毫起不了波瀾；原本覺得很平凡的小事，卻成了你願意花費畢生心血，再重新體驗一次的經歷。即使如此，每一個階段和事件都是生命過程中的一部分而已。任何的想法與決定都沒有絕對的錯與對。每一個階段的你都在對人生有新的見解，每一個角度都值得學習與參考，重要的是，在回顧中的省思與理解。

　　不管未來你是否繼續書寫這本自傳都沒關係，但我希望書寫這個習慣你能一直盡可能地保留與運用在你的生活中。例如前面提到的感恩日記、生活記事，或只是你心情不好的時候用來抒發的一種方式都可以。如果你決定繼續書寫，那下面也記得寫上一個日期，猶如給自己的一個承諾——下次的這個時候，我會再回來，為我的人生寫上新的篇章。

你是否決定要在未來繼續完善你的自傳？

□是，我設定每年的＿＿＿月＿＿＿號回來撰寫。

□否，因為＿＿＿＿＿＿＿＿＿＿＿＿＿＿＿＿＿＿＿

＿＿＿＿＿＿＿＿＿＿＿＿＿＿＿＿＿＿＿＿＿＿＿＿

＿＿＿＿＿＿＿＿＿＿＿＿＿＿＿＿＿＿＿＿＿＿＿＿

＿＿＿＿＿＿＿＿＿＿＿＿＿＿＿＿＿＿＿＿＿＿＿＿

＿＿＿＿＿＿＿＿＿＿＿＿＿＿＿＿＿＿＿＿＿＿＿＿

Chapter **8**

# 為你的自傳錦上添花

　　接下來的部分，是我補充的幾個我覺得非常值得放到自傳當中的書寫主題。你可以依照自己的想法與意願來撰寫進你的自傳當中。

　　雖然有點像是額外補充的部分，但事實上這個部分，可能會成為你自傳中最為動人的部分。

# 一封信

　　不管你當初決心要寫這本自傳時，是計畫寫給誰的，現在，在你寫完這本自傳之後，我希望你能夠寫一封信，送給你這本自傳要獻給的人。你也許很久沒有提起筆，或從來沒有，認真寫過一封信給這位對你來說很重要的人。而現在是個很好的機會，去讓你表達你在寫自傳的過程中，如何回憶起你們的點點滴滴，或是你內心有什麼話想對他們說，但你平常不好意思，也不知道怎麼開口？去放下他們會怎麼看你寫的內容的顧慮，去放下你平時在他們面前的武裝或形象，去挖掘你對那個人內心底層的情感，並試著用文字表達出來。我知道越是深層的情感，越是難以用言語表達，但就算文字的描述不及你真正情感的百分之一，你的嘗試也已經足以寫出感動人心的語言。

　　即使這是一本沒有寫給特定目標的自傳，你也可以寫下你寫這本自傳的過程和最後完成的感受與心得總結，送給自己。可以是送給過去的自己，也可以是送給未來的自己。也許在撰寫這本自

傳的過程中，你意識到過去曾有一段時間特別討厭自己，覺得自己
長得不夠好看，或覺得自己不夠聰明；又或是，你對自己的要求一
直很高，總是給自己很大的壓力或不堪負荷的工作量，如果沒有
完成自己設定的目標，就在心裡貶低自己、責備自己。去寫一封信
跟過去的自己和解吧。你也許可以告訴過去的自己：「我很抱歉，
過去對你太過嚴苛，使你一直活在無限的追逐、失望與否定當中。
我忘記了你本身的價值，但我現在看到了。謝謝你長期的付出，不
管結果如何，你已經很努力了。在未來的日子裡，我答應你，不再
貶低自己，或否定自己。我會享受且自信地過好每　天，因為我知
道，那才是你想看到的，我們的樣子。謝謝你，我愛你。」

　　抑或是，你可以把這封信，寫給那些你在自傳裡提及的幾位重
要人士，他們也許還在你的身邊，能有收到信的機會，也可能你再
也無從聯繫上他們。但不管這封信，最後有沒有收件人，我都希望
你去試著寫下來。

　　可能在你寫自傳的時候，你才意識到這些人對你的影響和重
要性。你可以利用這封信去告訴他們，你如何發現，他們其實一直
在你生命中扮演重要的角色，你在心裡又對他們有多少的惦記與
感謝。不管在不在你的身邊，他們對你的影響依然是深遠的。去把
那些你在撰寫這本自傳時的發現、感受與情感都寫下來，給那個
人或那些人吧！

　　我會希望大家用書信的方式來書寫，是因為隨著通訊的發達，
大家已經越來越少用書信的方式來互通有無或表達情感了。然

而，書信其實是充滿魔力的。

我記得我以前，特別愛自己手做卡片，我的同學們都開我玩笑，說我不好好學習，一直在做卡片。但有時候看到媽媽房間裡放著我以前送她的手作卡片，每一張她都當作寶物，我就覺得心裡很暖。你字裡行間的情感，在寫的當下，可能對你來說沒什麼，但對於收到的人卻有不同的意義。收到信的人會知道，你在撰寫這些文字的時候，你是想著他的。而這些文字，經過時間的積累，也會帶來不同的意義。

即使我現在不太會花那麼多時間和精力在做卡片這件事情上了（就是懶），但卡片對我來說的意義還是很重大。一直以來，我都保留著別人寫給我的卡片。即使經歷多次搬家，東西多得不行，那一箱箱的卡片，不管多重，我也捨不得丟掉。畢竟那些都是珍貴的回憶，也承載著別人的愛與祝福。我不想到了某一天，寫卡片給我的那個人不在了，我才意識到那些東西的重要性，而我也找不回那些卡片了。

儘管卡片已經對我意義重大，因為那是少數我保留著的，別人手寫給我的文字與祝福，但卡片和信對我來說還是有點區別的。

利用書信交流的方式，在現代幾乎已經完全被電子通訊取代，剩下的頂多是卡片，還能在某些特別的日子付諸以手寫文字的形式出現。但對於我自身的感受和角度來說，卡片和書信不同的地方是，卡片感覺上更偏向於一種有目的性的節慶問候或是祝福。而信對我來說，更加是一種情感上的寄託與抒發，不需要基於特

定的日子或理由。你可能只是單純的想分享你的思念、感受或愛。

　　以前的人見不到面，也沒有辦法像現在，動一動手指就能聊天、電話和視訊。許多思念和生活分享，都因為時間而日積月累，需要付諸文字來抒發與傳達。反觀現在，有時候因為太常見面了，到了節日要寫卡片的時候，縱然短短幾個字，還真想不出能寫點什麼。

　　你可以假想一下，如果今天沒有了手機或電腦那些電子通訊設備，但你又必須隔很長一段時間才能見到你愛的人，你會怎麼去和你愛的人溝通和表達你那一天天的思念？又會怎麼樣去分享你的生活點滴？相信我，那時候，你也能寫出動人的情書。

　　不論你多久沒有好好寫過信了，我希望你能重新拿起筆，靜下心來，想一想你有哪些心裡的話和情感，是你平常可能不善於掛在嘴邊，但一直都存在在你心裡的。去挖掘它們、找到它們，並將其化為文字。

　　這些信並不一定真的要給對方讀到，即使你寫完之後，發覺你不想讓他們讀到這封信，那你也可以自己保留或丟掉。不管對方讀到這封信了沒有，你想對他們說的話，都已經表達出來了。

　　有的時候，那些文字與情感，並不是真的被別人接收到了，你才能得到抒發。比起放在心裡，你付諸文字的這個行動，就已經是一種釋放了。

　　你也可能，在寫完這封信之後，過了幾天再回來讀，卻發現你只想撕掉。

　　我記得我在英國的第一份工作，我和我的同事們都因請年假這件事情對公司有諸多不悅。儘管我們能理解公司有員工工作安排上的考量，所以基於對公司和工作的尊重，我們作為員工總是會提前好幾個月，甚至半年、一年來提交年假申請。但公司老闆對於批准年假卻總是一拖再拖，給不出回覆，一直等到臨近時間時才會告知員工，年假被否決。

　　同樣的情況發生在我身邊一位同事的身上。她是我一位非常親近的朋友，我們時常一起工作，對於她對這個公司盡心盡力的態度我都是看在眼裡的。而她對於公司付出的心力有多大，她對公司的失望就有多大。原本將是她事隔三年後的第一次回家，但所有計畫與期待卻直接被一竿子打翻。我猶記這件事情發生時，她第一時間打給我哭訴的場景，原本躺在床上半夢半醒的我，被由衷的心疼給氣醒。我掛掉電話，可能是因為覺得太需要抒發，拿起電腦就劈哩啪啦地打了一封長長的信。裡面包含了我的心疼和不理解，更希望老闆能透過這封信看到真正努力付出的員工也需要休息與回家。

　　這封信完成之後，我先發給了我的那位同事讀，希望確認我信的內容不會造成她之後在公司的為難。她看了之後說她覺得很感動，但基於她的想法，這封信沒有交到老闆手中。事後我想一想，老闆的想法永遠是基於以公司利益為首要的出發點，這封信未必能得到他的理解。而這封信交不交到他的手裡，其實對我而言並不重要。從一開始我就是基於一股需要抒發的衝動去寫的（根據

不完全統計，衝動寫下的文字就如同衝動說出口的話，十之八九最好不要給對方看到或聽到），而這件事情在後來給我最大的意義在於，我那位朋友能通過那封信理解到，有人能深切站在她的角度去感受她的感受，並且想要保護她。我也從此意識到，書信確實是一種表達內心與抒發情緒的好幫手。我真的寫完之後感覺好了許多，因為在寫信的當下真的好像在跟對方說話，但因為不是立即性的傳遞與接收，你可以盡情釋放，但不擔心說錯話。有很多時候，你自己寫完了，就能把情緒留在那些文字裡，再把從書寫裡梳理出來的理性與邏輯真正運用到與對方的溝通上。

此外，通過書信來表達情感，往往比用說的更能夠得到抒發，也更能夠真切表達的原因，就是因為當你真正去與他人面對面對話時，有太多話你可能會擔心別人的反應，或被許多不可控的因素打斷你的思緒與話語。別人的一句話、一個表情，都可能讓你原先想說的話完全走向另一個方向。但也因為如此，當你全心徜徉在書信的抒發表達中，你可能會完全忽略掉對方對於這些文字的感受。所以如果這是一封你想送出去的信，我的建議是，這封信，第一次書寫，請你盡情地書寫與表達，用你自己的方式。寫完之後，請你再回來讀一次，看看你想表達的意思有沒有被過多的情緒性字眼給扭曲與造成誤導。第三次，用對方的角度來讀這封信，如果你覺得，你站在對方的角度來讀，你能理解與感受到這封信你想表達的內容，那就算完成了。你可能會寫完這封信之後，撕掉，又重新寫了一封又一封。在這個書寫的過程中，你可以感覺看

看自己的情緒，是否在反覆的書寫中感受到一次比一次的穩定與平靜。

　　不管你寫的這封信是否要送出，你都可以用同樣的方式去持續修改，直到你覺得已經準確表達了，再收錄到你的自傳當中或送出。

　　雖然請你試著用對方的角度來讀你寫的信，但不管你重複改寫了多少次，重點還是在於表達了你心底的想法，不要變成了一封阿諛奉承的信。保留你自己的看法與真誠的心，不論最後你是否把這封信轉交出去，或收錄到自傳當中。只要你不打算撕掉，那你就讓它留下，當作一篇日記一般保存也行。畢竟你現在寫的內容是現在的你想表達的，不代表未來的你的全部觀點。我會這麼說，是因為不管你重新改寫幾次，你未來在某一天，重新翻開，你還是可能會想把那封信撕掉，因為你已經又是一個新的階段的你了。

　　在這裡我想表達的意思是，你一直在變，你很快可能就會覺得前一段文字再也不能表達你的想法和觀念了，但我希望你不要否定掉任何一個過去的你。去接受與擁抱每一個自己，也是這本書在帶領你完成自傳的過程中，想帶你練習做的一件事。

一封信

## 回到某一天

如果能讓你隨便選擇，回到某一天，你會回到哪一天？

在我大學畢業後，我的生活開始陷入尋找工作、在這個社會上滾爬與如何繼續追求自我與夢想的焦慮中。好在，我在台北租的公寓離我姊姊租的地方不遠，我時不時下班會買點好吃的去找她聊聊天，那是我排解情緒的一種出口，也是我在那個城市裡找到歸屬感的方式。我甚至有一段時間天天想去姊姊家過夜，不過不是因為我需要聊天，而是因為我姊姊在某一晚上偷偷遠端控制了我的手機音樂，使我每晚睡前聽的「古典樂」清單變成「恐怖詭譎的音樂」，我被嚇了一次之後，好幾個晚上都無法獨自入眠，只好再去多帶一點好吃的，請姊姊收留我。因為實在想不通原因，這個心理陰影持續了五年有吧！我媽媽才偷偷告訴我，姊姊當初整我的這件事（是的，我被蒙在鼓裡五年之久！）。可見姊姊為了想讓我多多帶好吃的去她家，真是使出了世上最陰險的招數！或她就是單純覺得整我很好玩。

好，讓我們回到溫馨的部分。

某一個很平凡的日子，我下了班，剛好在師大夜市附近，於是我打電話給我姊姊，問她在這附近有沒有什麼想吃的東西。我印象很深刻的是，我去排隊買她指定要吃的魷魚羹和師園鹽酥雞時，人超級多，我自己一個人排完這間、排那間，又很怕帶回去冷掉不好吃。就這樣提著大包小包趕到姊姊家，滿身大汗。結果姊

姊一邊吃著一邊說了一句話：「如果死前問我要回到哪一天，我會回到這一天。」我的心裡很震撼。首先，我從沒想過這個問題，關於臨死之前，如果可以選擇，我會想重新過哪一天？更加沒有想到的是，我姊姊會選擇這一個，對我來說其實「原本」蠻平凡的一天。我姊姊讓那一天對我突然很有意義，我感到無比幸福，因為我讓我愛的人感覺到幸福，幸福到她會想要重新過這一天，而我參與其中，也感到無比滿足。

我還記得，我當下除了感覺到震撼、幸福、開心之外，我開始努力想把每一個細節記下來，當天的每一個細節，我想去感受它。就好像，如果我真的有能力回到這一天的話，我就不會錯過每一個細節一樣。或至少，在我腦子裡重播的時候，我還能記得、還能細細感受。

其實我自己都不確定她現在的答案是否一樣，甚至她還記不記得她說過這句話，但都不重要了，至少對我來說，這件事很有意義，這樣就夠了。（雖然之後發現被惡整的恐怖故事，讓原本珍貴的一天突然意義直接掉一半，但我還是選擇相信姊姊只是因為想跟我多相處一點，只是用了很殘暴的手法！）

有沒有哪一天，你回想起來也感到無比幸福，或意義重大呢？也許那一天，對你來說的意義，並不是你當下就能意識到的。許多的幸福感，在你失去了之後，你才會意識到它有多珍貴與重要。

我記得有一次，我和朋友聊天，他和我分享起他姨父的離開，一切發生地十分突然，這件事使得他忽然意識到了生命的短暫與

珍貴。他說，他姨父在離世前三個月，身體都還十分健壯，還約了他與家人一起去旅遊。他事後回想起來，非常非常慶幸自己去了，因為那成了他最後一次和姨父的旅行與最後一次見到姨父健康的樣子。誰都想不到那一次是最後一次，所以，珍惜人生中每一次的相聚，去體會、去記錄下來吧。現在看似平凡的一件事，往後對你的意義可能是無價的。我們的腦子無法把每一天都記得那麼清楚，隨著時間的推移更是會漸漸忘記那些美好卻微小的細節，所以試著去記下來每一個小小的時刻吧。以後再回顧，那一個平凡的一天，可能是你最想回去的一天。

　　我感覺許多人都喜歡去回顧生命中不太開心的日子，不管是大事、小事，越不開心，就越是細節地去回顧與悔恨。去後悔當初少做了什麼？多做了什麼？忘記了什麼？說錯了什麼？做錯了什麼？所以才導致不好的情況發生。反覆回想自己那時候怎麼會做出那樣的反應？大家一定覺得自己很蠢之類的……但那些無法挽回的事，如果不是單純抱著想從錯誤中學習的心態去反思，而是抱持著再次反覆地、細節地去責備自己的狀態去回憶，那是毫無意義的，而且通常會把自己當時那種痛苦、憤怒、尷尬、想鑽地洞的感覺再次找回來、加倍地折磨自己。我們何苦呢？相反的，為什麼我們不多花點時間去回憶與重現每天快樂的部分和小事件，讓自己時時提醒自己，原來生活中有那麼多美好的事物包圍著我們呢？

　　現在，我希望你試著去回想，並且寫下你的回答。如果讓你選擇回到某一天重新體驗一次，你會選擇哪一天？以及為什麼你會選擇這一天？

　　試著把那一天，在你腦子裡細節化地重新播放一次，並書寫下來，盡可能地把每一個細節記錄下來，你現在能憶起的細節有多少就寫下多少，也許不多也沒關係，至少，這會比你再過幾個月後能回憶起的還多了，所以現在就寫下來吧。

　　寫完之後，我還希望你去重新感受一下當時的感覺，和現在重新回憶這個時光的感覺，也把它們都寫下來。並且寫下這一天對你來說的意義是什麼？那些發生的人事物對你造成了什麼影響和改變？

　　最後，你覺得，再過十年之後，你的答案是否會一樣？（也許十年後，我們再來看看答案吧！）

你想回到哪一天？

# 致謝

　　你是否用心讀過某一本書裡的致謝詞，並深受其感動過呢？

　　致謝，是在許多書中都能讀到的一個部分。雖然不是書裡的主要內容，但每一次我讀到書中的致謝部分，我都會很認真，也用心的去閱讀。因為我知道，那是組成一本書的重要要素，是作者在撰寫那本書時的心靈支柱。

　　完成一本書，需要耗費許多時間與精力，單靠著一個人的持續輸出是十分孤獨與辛苦的。但如果你身旁有對你來說重要的人，對你在做的事情給予鼓勵與支持，那任何事都會顯得多出了一分意義與動力。

　　想一想，當初你怎麼會拿起這本書，並且決定撰寫這本自傳呢？是因為你自己想為自己做點什麼？還是你生命中某個重要的人，促使你想去做這件事？抑或是，這本書是你的某位家人或朋友送給你的？如果是這樣，那你覺得他們是出於什麼樣的想法與期待，送你這本書？

　　另外，你也可以思考一下，在撰寫這本自傳的過程當中，你是否有遇到什麼困難？又是什麼幫助你解決與走出那樣的困境？

　　以上的問題，都是希望能幫助你去想一想，完成這本自傳，你是否有特別想要感謝的人？

　　如果有，我希望你能寫下你對那些人的感謝，不管是去謝謝那些在這個過程中幫助過你的人，或是那些促使你跨出這一步的人。

這個部分，在你寫完了之後，你可以收錄在你自傳中的最前面或最後。

我相信能夠被你寫到致謝中的人，肯定都對你來說意義重大，所以不論最後那個人是否讀到了你的自傳與致謝，他們都有被你收錄到自傳中的必要。

如果你還沒有想法要怎麼寫這個部分，你可以先翻到下面一個部分，我寫這本書的致謝，作為參考。

## 我的致謝

很長的一段時間，我工作上進入焦慮與無力的狀態，在無數封的拒絕信和自我壓抑的壓力之下，我漸漸開始否定自我的價值與能力。另一方面的我又不想認輸，持續在找尋屬於自己的機會與才能，我不想停下來，所以也造就了這一本書。

在那個經歷著人生有些憂鬱的日子裡，也令我不得不開始學習著去自我接納和肯定，學著去放下自我懷疑與對他人眼光的在意。書寫這本書的過程在許多程度上幫助了我，讓我自己時不時從那些鬱悶的情緒中脫離出來，徜徉在書寫的世界裡。我不知道這本書最終能走到哪裡，能走進哪一戶人家的書架上，能幫助多少人留卜他們的故事，又能幫助多少人看到別人珍貴的人生……但我知道，僅僅是一個人也對我意義重大。我的許多生命故事，也記錄在這本書裡面了。所以，從某一個角度來說，這也算是我自傳的一部分吧！我用我的生命故事，引導你寫出你的。而你的故事，也圓滿了我內心那一個，想為社會做點什麼的價值。

所以，我想謝謝每一位讀這本書的讀者。謝謝你們！

我也希望在你讀完這本書，並且伴隨著你開始寫你的自傳後，你也能這樣由衷地謝謝你自己，謝謝你為你自己去執行一件人生中重要的大事。就像我開始撰寫這本書的最開始一樣，我不知道它會有什麼結果。但我可以確定地告訴你，不管你寫了多少，你的自傳，都是你生命的寶藏與結晶。好好謝謝你自己，謝謝自己把自

己帶到這裡，謝謝自己又讀完了一本書，謝謝自己每一天的付出與努力。

當初，從開始撰寫這本書到完成了一大部分，我都不敢與任何人分享。除了我老公以外，沒有人知道我在寫這本書。但我記得有人說過，就像減肥一樣，要先告訴別人你的決心與目標，才會更有動力去完成。所以在我寫到進入一個瓶頸期的時候，我想，如果我繼續自己「躲起來」寫書，那我只會越寫越沒動力吧！於是我決定慢慢「練習」和別人分享我在做的事、我想完成的事！

我還記得我第一次與朋友開口分享我在寫這本書時，我還感覺特別不好意思，因為我連這本書最後會不會變成「一本書」我都不知道。多虧我的朋友即時給予我的正面回應與鼓勵，確實幫助了我有繼續書寫的動力。謝謝每一位在我寫書的過程中鼓勵過我的人。

因為是第一本書，在寫書的過程中，別人的反饋與鼓勵，真的能起到很大的鼓舞作用。我特別想謝謝我在上海求學期間教導了我許多的黃老師，和我的摯友喻同學，他們都給我了極大的鼓勵與溫暖，讓我對我的第一本書有更大的信心。

不只是在我寫這本書的過程中鼓勵我的人，還有我生命中許許多多重要的人物，我的家人和朋友們，他們在我的生命中帶給我許多的愛與智慧，那些都是組成這本書的關鍵。我很期待他們能拿到這本書，看到他們為別人的生命帶來的故事、影響與價值。某一天，作為讀者的你們，你們的自傳也會在你們重要的人的

手裡被翻開，然後帶給他們和你自己意想不到的意義與能量。

　　另外，我還想謝謝我的媽媽和我的爺爺。如同我第一章分享到的，我會有寫這本書的想法，其實是源自於我的母親。她未能為我爺爺完成自傳，並把他的故事留下來一直是她的一個遺憾。但也因為這個遺憾，促使了我去寫這本書。我希望在這本書的影響下，能有更少的人，有同樣的遺憾，相反的，有更多人的故事被看見。

　　最後，這本書能夠完成，我最感謝的人是我老公。即便我很享受寫這本書的過程，但我對於我的作品充滿不確定，這種不確定的感覺也導致我時不時在腦中跑出聲音說：「嘿！妳在幹嘛？妳在做的事，只是白忙活。去做點正事吧！」但儘管有那些聲音在阻礙我，我老公總是一直在我身邊鼓勵我，給予我滿滿的力量與支持。有時候我停下來，感覺寫不動了，他的「催稿」也讓我感覺自己必須努力點去完成它。我當時根本不知道這本書會不會成為一本書，但心裡總想著：「不管有誰看，至少我還有一個讀者在等著呢！」

　　我記得某一次跟他分享了書裡的一部分內容之後，我就飛往日本了。時差的緣故，每天幾乎都是起床時他已經睡了，我就看看他前一晚給我發的消息，還有他的一些日常分享。結果，他那天正好看完了我那一部分書的內容，於是傳了滿滿的幾封訊息告訴我，他有多喜歡我寫的東西，尤其是哪一段，他看了有什麼想法，以及哪裡他覺得可以再增加。他甚至幫我發現了幾個錯字，還幫我圈起來。總的來說，寫這本書時我最需要的力量，幾乎都是他給的。謝謝你，老公。

LEARN 76

留下生命故事：如何撰寫自傳，傳承精彩人生

作　　者—青　婷
圖表提供—青　婷
責任編輯—陳萱宇
主　　編—謝翠鈺
行銷企劃—鄭家謙
封面設計—兒日設計
美術編輯—菩薩蠻數位文化有限公司

董 事 長—趙政岷
出 版 者—時報文化出版企業股份有限公司
　　　　　108019 台北市和平西路三段二四〇號七樓
　　　　　發行專線—（〇二）二三〇六六八四二
　　　　　讀者服務專線—〇八〇〇二三一七〇五
　　　　　　　　　　（〇二）二三〇四七一〇三
　　　　　讀者服務傳真—（〇二）二三〇四六八五八
　　　　　郵撥—一九三四四七二四時報文化出版公司
　　　　　信箱—〇八九九 台北華江橋郵局第九九信箱
時報悅讀網—http://www.readingtimes.com.tw
法律顧問—理律法律事務所 陳長文律師、李念祖律師
印刷—勁達印刷有限公司
初版一刷—二〇二四年七月十二日
定價—新台幣三五〇元
缺頁或破損的書，請寄回更換

時報文化出版公司成立於一九七五年，
並於一九九九年股票上櫃公開發行，於二〇〇八年脫離中時集團非屬旺中，
以「尊重智慧與創意的文化事業」為信念。

留下生命故事：如何撰寫自傳，傳承精彩人生/青婷著. -- 初
　版. --臺北市：時報文化出版企業股份有限公司, 2024.07
　面；　公分. -- （Learn；76）
　ISBN 978-626-396-313-9（平裝）

　1.CST: 傳記寫作法 2.CST: 自傳

811.39　　　　　　　　　　　　　　　　113006967

ISBN 978-626-396-313-9
Printed in Taiwan